NOS

Ana Johann

História
para matar a
mulher boa

*À minha filha, Sofia – meu presente e meu futuro,
meu amor, ser sensível, que me desloca da minha
habitual fôrma para me fazer olhar em outras direções.*

*Ao meu companheiro, Jack, por me inspirar nos pequenos
entusiasmos e por compartilhar comigo uma vida
amorosa pontilhada, que pode ser ponte ou rio profundo,
nunca represa.*

O relógio avançava em direção às três da manhã, o horário educado para o início da insônia, quando uma voz interrompeu o hábito: "Vá até uma floresta, ache a carcaça de um animal e se deite sobre os ossos em uma noite totalmente escura". Ela despertou com uma luz suave que preenchia todo o vidro da janela, olhou o celular e já eram quase cinco da manhã. Aproveitou para fazer o que era de costume durante a madrugada: ver se cada cômodo da casa estava harmonioso de qualquer ângulo que olhasse.

Do vaso sanitário onde espremia as últimas gotas de urina, com a porta do banheiro entreaberta, olhou para a cozinha mal iluminada. Pela moldura da porta, avistou um pedaço da mesa de vidro rodeada de cadeiras de acrílico e o balcão com os frascos transparentes de comida, que revelavam suas verdadeiras formas: o arroz, o feijão, a pipoca, a ervilha, a farinha de linhaça e o chá de hibisco. Entre as louças brancas de linhas retas, um conjunto chamava atenção: um açucareiro bege envelhecido, com flores marrons, que ela tinha roubado da casa dos pais.

O som do caminhão de lixo se insinuava cada vez mais alto na avenida ao lado da casa – era segunda-feira de novo. Antes de se levantar do vaso, ainda catou um cisco do chão e fechou a porta de vidro do box, que estava entreaberta. Do corredor, voltou a olhar para a cozinha de uma perspectiva aproximada – pôde ver, ainda, o fogão e a geladeira de aço escovado que tinham sido comprados recentemente.

Entrou, ajeitou uma cadeira enviesada e olhou para o armário sob a pia. Pegou um copo de suco de laranja na geladeira e ficou diante do armário. Tentou se distrair por um tempo, olhando apenas para o formato das unhas, iguais às da mãe, cheias de frisos e alongadas, mesmo curtas. Escutou um barulho enquanto abria o armário. Apurou os ouvidos para escutar se não era o marido que tinha acordado. Se ele visse o que ela estava fazendo na cozinha, seria motivo para uma briga com as palavras que querem mesmo machucar. Ela escutou o tilintar de latas sendo arrastadas, deviam ser do estacionamento ao lado. Ficou de cócoras, abriu o armário, tirou alguns potes de comida da frente e encontrou o litro de vodca. Despejou um pouco no copo de suco e bebeu de um gole só. O álcool tinha vários poderes – conferir uma brisa ao olhar embevecido, fazê-la voltar a dormir ou mesmo deixar o corpo um pouco menos tenso diante da obrigação. Uma noite, o marido abaixou a roupa dela enquanto ela estava dormindo e, como um cavalo, botou o pau para fora, subiu e meteu. No outro dia, disse que não lembrava, que podia ser aquilo que chamam de sexo noturno. Fazia mais de um ano que isso acontecia pelo menos uma vez por semana. Foi nessa época que começou a insônia, como se o corpo não se entregasse à dor que a consciência optou por ignorar.

Andou seis passos, e já estava no quarto da filha, Alice. Cobriu-a com o edredom de patinhas de cachorro e ficou olhando para aquela menina de pele branca e dedos finos compridos. Enquanto a filha dormia, passou o dedo em cima da marca de nascença que ficava do lado direito do pescoço, uma mancha marrom em forma de coração, exatamente como a dela. As pernas da filha, sentindo a interferência, jogaram o cobertor para longe.

Voltou para a cama tentando não parecer um touro – era assim que Miguel se referia a seu caminhar. Essa característica não a desagradava, era pior quando ele dizia que a bunda era pequena e murcha, ou que o nariz era grande demais para o formato do rosto dela, ou então que o que ela dizia não tinha lógica. Evitando ser notada, puxou silenciosamente as três camadas de coberta até o pescoço e olhou para o marido. Havia algum tempo ela tentava rever o planejamento de intenções para uma vida bem-sucedida que tinha escrito antes mesmo de se casar, que incluía conhecer alguns países e trabalhar em uma organização internacional.

Nos últimos meses, era um grande feito viver o cotidiano. Distraía-se cada vez mais com o amontoado de imagens que volteavam sua cabeça. Tentava ler artigos para se atualizar, já que estava formada havia mais de dez anos, mas pensava mesmo na tia que trocou o dia pela noite e foi chamada de louca. No tio que desapareceu do hospital. Nos amigos de infância que a convidaram para fazer tic-tac, um gesto de abaixar a calça e esfregar as genitálias. Na bisavó que chutou o saco do bisavô. Na sua vida breve em Barcelona, onde se sentia a Forrest Gump brasileira, uma contadora de histórias. No tio que virou matador de aluguel. Na mãe que não quer que essa história seja contada. No lago de carpas ao lado da sua casa. Lembrava-se de tudo para esquecer uma ideia frequente – começou a imaginar que o marido morria. Se ele morresse de modo natural, de qualquer doença repentina que não o fizesse sofrer muito, poderia ser viúva. Lembrou que precisava trazer da cozinha a faca de cortar carne, para o caso de as coisas piorarem. Passava pela cabeça dela que o cavalo poderia tentar fetiches de enforcamento.

Ela enfiou a cara no edredom para sentir a maciez de algo que lhe tocasse a pele e assim adormeceu. De repente, avistou uma carcaça no meio de um descampado em uma floresta. Despiu-se totalmente e, antes de se colocar em cima dos ossos, como um cão que se deita na terra para sacudir as próprias pulgas, raspou as costas de um lado para o outro. Ao lado dela, uma asa inteira se decompondo do que um dia fora um pássaro. Ergueu os braços e se arrastou para cima dos ossos, olhou para o céu estrelado que só poderia ver naquela escuridão.

As estrelas piscavam como em uma dança de vaga-lumes. Lá de cima via-se uma mancha branca não distinguível cercada por grandes árvores. A mancha era ela, que, em uma semana, faria 33 anos. Helena pensava que Jesus Cristo tinha nascido, morrido e ressuscitado com essa idade e ela nem tinha conseguido ainda um orgasmo.

Um ruído interrompeu o repouso sobre a carcaça, na mesma hora saiu de cima do cadáver em que estava deitada, temendo o bicho ainda vivo que rastejava em sua direção. Antes de ver o animal, já sabia que era uma cobra. A serpente preta com uma listra amarela só interrompeu o rastejar quando chegou a dois metros dela. As duas se olharam por um tempo. O tempo não reclamava nenhuma adição, parecia estar em sua plenitude inerente com todo o seu sistema natural de vida e morte.

A cobra avançou e deu duas voltas ao redor do corpo dela, serpenteou cintura acima até encontrar seu rosto. Nos olhos negros da criatura, ela pôde ver sua imagem refletida.

– Se você quiser, posso picar sua orelha – sussurrou o bicho.

Ela assentiu. Os dentes da cobra adentraram a cartilagem e fizeram um clique, como um brinco furando a orelha pela primeira vez. Em seguida, o animal cochichou uma frase inteira em seu ouvido e voltou a se postar de frente, encarando-a, crescendo rapidamente para os lados e para cima, transformando-se em um ser híbrido, metade cobra metade humano. O ser ficou mais alto que a mulher e debruçou-se sobre o cocuruto dela, fazendo uma leve pressão. Sentiu como se fosse o abraço de uma amiga. Feito isso, a serpente desapareceu no ar com o som de um sopro.

Helena acordou de repente e se sentou na cama pensando na frase que a serpente sussurrou no ouvido dela: "você precisa...". Só lembrava do início.

Simulação 1

I.

A mãe estava grávida de Helena quando recebeu a notícia de que a vila onde moravam ia desaparecer. Era o único lugar que ela conhecia, e cada coisa ali conhecia seu lugar havia anos: o campo de futebol, a igreja, a bodega e as casas posicionadas ao lado de uma avenida de terra, que se bifurcava em duas saídas opostas, a floresta ou a cidade de Rio Azul.

Havia uma linha declarada da existência, na qual a maioria das pessoas, descendentes de europeus, deveria andar por aquela via em gestos fáceis de serem reconhecidos. Os moradores da Vila dos Hoffmann já estavam habituados a um mostruário de gestos. Esse mostruário particular era encontrado ali e também em outros lugares.

O pai revendia as verduras plantadas na vila em outras cidades com seu caminhão. A mãe fazia o que uma mulher poderia fazer naquele lugar nos anos 1980: cuidar da casa, dos seis filhos, do marido e sofrer ataques de pânico.

Desde pequena, Helena perguntava por que a vila tinha esse nome. Ninguém sabia responder de onde as coisas vinham, mas uma resposta era repetida por todos ali: as coisas são assim.

Dada a notícia improvável de que um rio inundaria a vila, os moradores se organizaram para fundar um novo lugar para existir em uma região mais alta e que se chamaria a Nova Vila dos Hoffmann.

– Mas quem era Hoffmann, mãe? Por que vocês não inventaram um novo nome pra vila, já que tiveram a chance?

– Pra que inventar coisas novas se as que existem funcionam? – respondia a mãe.

Antes de os Culmann, sobrenome da família de Helena, terminarem de construir uma casa na nova vila, moraram em um paiol emprestado de tia Lídia. O plano de formarem uma vila em outro lugar não aconteceu como o previsto – muitos moradores usaram a indenização para se mudar da cidade, e sobre a Nova Vila dos Hoffmann pairava um sentimento no ar: aquele lugar não deveria existir.

Quando Helena nasceu na Nova Vila dos Hoffmann, seus quatro irmãos já tinham sete, oito, nove e dez anos e se chamavam Maria, Mário, Márcio e Matheus.

– Por que meu nome não começa com eme, mãe, igual ao deles?

– Uma prima nasceu antes e sua tia deu o nome de Marianna, foi assim – explicou a mãe. Contou que, por ela ter nome simples, queria que os filhos tivessem nomes compostos, e assim o fez: Maria Mercedes, Mário Jerônimo, Márcio Davi e Matheus José.

Helena sempre contou aos amigos que tinha nascido com sorte, a começar pelo nome, mas agora se perguntava que vantagem era aquela a que se referia, se não estava confortável nem dentro da própria casa em que vivia com o marido e a filha.

A Nova Vila dos Hoffmann simulava a mesma arquitetura da vila inundada – a avenida de terra principal, o campo de futebol do lado esquerdo, a bodega logo em frente. A igreja e o cemitério também foram transportados, porque "não deixariam os mortos para trás, embaixo do rio", repetia a mãe de Helena. Tia Lídia, que era casada com o irmão do pai de Helena, estava lá quando tiraram do caixão o esqueleto da irmã dela, Antônia. Irmã mais velha, foi casada e teve sete filhos, um seguido do outro. Antônia foi enterrada com uma marca no olho, do soco que tinha levado do marido. Tia Lídia ajudou a vesti-la e encontrou outras marcas roxas na virilha. O padre atestou que ela morrera do coração.

Helena sempre ouviu que tinha sido planejada, porque os pais tinham quatro filhos e achavam pouco, mas de repente, quando a menina completou cinco anos, sua mãe engravidou de novo sem querer. A mãe ficou bastante doente e, depois do sétimo mês, permaneceu deitada; era Maria que fazia comida, limpava a casa e lavava a roupa. Aquela que viria a ser mesmo a última foi chamada de Priscilla, já que Helena havia quebrado a tradição dos nomes com eme na família. Descobriram que a irmã, a última a nascer, tinha uma doença chamada displasia cleidocraniana depois que caíram os dentes de leite e nasceram apenas cinco dentes permanentes.

Próximo da casa de Helena ficavam a escola e a casa da professora Heloísa, que morava com os pais e a filha, Maritza. Heloísa usava vestido e chinelo de dedo até quando chovia. Diferente de outras alemãs, tinha bumbum avantajado e a pele do rosto dela não ficava vermelha no inverno.

Não havia pré-escola, e aos seis anos Helena foi matriculada na primeira série em uma sala de aula onde todos os alunos, da primeira à quarta, estudavam juntos, com a mesma professora. Quem terminava primeiro a lição ajudava o colega com as tarefas.

Helena adorava ir para a escola, não gostava era do inverno, quando as aulas mudavam para o período da tarde. Chegava em casa ao entardecer, quando já estava escuro, e, como não havia ninguém, sentava-se do lado de fora para esperar. Quando o pai não dormia em casa, a mãe checava vezes seguidas a mesma janela, conferia embaixo da cama e levava os filhos para dormir no único cômodo de alvenaria, com uma espingarda sob a cama. Um dia, já cansada de esperar, a menina decidiu fazer um experimento.

A casa estava com janelas e portas escancaradas, sem ninguém lá dentro. Entrou pé ante pé, não sabia que tipo de monstro poderia estar ali. Foi até o armário, pegou o liquidificador e o ligou na tomada. Queria apenas escutar algum barulho que não fosse o coaxar dos sapos fazendo a mesma batida lá fora. Funcionou, era possível disfarçar o que sentia com o ruído do eletrodoméstico. Desde então, sempre que chegava em casa e não havia ninguém, ligava o aparelho, que agora tinha se tornado seu amigo.

Era no entardecer também que sentia como se os dedos beliscassem a pele em cima do coração. Mesmo quando o pai dormia em casa, ela ficava gritando do outro quarto – *boa noite, mãe! boa noite, pai!* – seu código para saber se havia realmente alguém dentro daquela casa. Se respondessem *benção, filha*, sabia que podia dormir. Quando não pegava no sono, repetia sem parar: *benção, pai!, benção, mãe!, benção, pai!, benção, mãe!, benção, pai!, benção, mãe!, benção, pai!, benção, mãe!, benção, pai!, benção, mãe!*.

Foi nessa época que começou a se formar na cabeça de Helena uma espécie de varal, que mais tarde ela nomeou como inventário de possibilidades humanas, onde se enfileiravam as imagens reais e as inventadas. Assemelhava-se muito ao varal da casa dela, o fio de arame farpado esticado entre dois postes de madeira onde as roupas eram penduradas. Só que, na cabeça da menina, algumas imagens estavam na horizontal em hastes fixas, e outras, na vertical e suspensas. Era uma árvore em forma de varal. Dentre as possibilidades inventadas, estava a de que um dia seus pais verdadeiros descobririam seu paradeiro e viriam resgatá-la da vila.

Helena nunca pensou que poderiam acontecer coisas ruins durante o dia. Para ela, as maldades estavam reservadas à escuridão, o lugar onde não se podia enxergar muito bem o contorno dos objetos, onde as margens se borravam e as intenções do rosto das pessoas ficavam difusas como as imagens vistas pelos míopes.

Se a noite era o lugar do dedo sendo enfiado no peito, o dia era de chacoalhar os braços pelas entranhas daquelas terras que ela conhecia bem. O lago ao lado da casa também era um lugar de brincadeira. Fazia de conta que os girinos eram feijões e os colocava para ferver dentro de suas panelinhas. Outro dia comia pudim de chocolate só para meter a colher na boca e se deliciar com alguma história imaginada que surgia em sua cabeça. Às vezes, por se deixar levar demais pelos lugares desconhecidos, pendia o corpo em direção ao lago. Mais de uma vez seus irmãos vieram correndo para tirá-la de onde tinha caído.

Helena cresceu e não parou de imaginar, mas agora todas as situações diziam respeito a um enredo particular – seu marido e a casa em que estava vivendo com a filha. Depois de mais uma noite mal dormida, pela manhã estava sentada na cadeira de acrílico com os olhos estatelados diante da filha. Teve a impressão de que a professora Heloísa havia passado por ali. A professora ensinou Helena a ler, a escrever e também a fazer perguntas sobre o mundo. Quanto mais tentava não pensar, mais se lembrava do contorno das pessoas da vila. Heloísa, Maritza, Nuno, Rafa, Vicente, Nica, Nice, tia Lídia, Antônia, a família inteira.

Não só durante a noite, mas agora a vodca era adicionada também ao suco de laranja matinal. Alice notou que a mãe dava leves batidas na testa com a mão esquerda sem parar.

– Que tá fazendo, mamãe?
– Tentando tirar os esqueletos de dentro da minha cabeça, como quando tia Lídia viu a carcaça da irmã dela dentro do caixão.
– Quê?

Helena abraçou a filha:
– Brincadeira, estava encenando uma frase que li num livro.
– Você é muito engraçada, mamãe. Quer fazer teatro comigo?
– A gente já está fazendo teatro aqui, filha. – Não era mentira, mas a frase que era para ter saído da sua boca, mas entalou na garganta, foi: "Seu pai já me deu um soco na cara. Tenho medo de terminar no mesmo lugar em que Antônia foi parar".

Helena se lembrou de quando estava grávida e, dentro do carro, disse a Miguel que não achava uma boa ideia ele trocar de automóvel, que isso era coisa de playboy. Ele pisou o acelerador e atravessou o sinal vermelho. Pensava agora que ter tido a professora Heloísa por perto na infância foi como ter estado sempre acompanhada de uma pergunta, que em algum momento se interrompeu.

Houve um dia em que a professora precisou se ausentar por um tempo e, na sequência, surgiu um problema para ser resolvido entre os pequenos. Os alunos conferiram a Helena o poder de decidir o que fazer. Não teve dúvidas, pegou uma espiga de milho, tirou as folhas ásperas, debulhou-o e colocou os dois meliantes crianças para se ajoelhar sobre o alimento. Depois da penitência, um ao lado do outro, poderiam refletir sobre suas atitudes.

Essa era uma escola onde as crianças não apenas estudavam na mesma sala, mas também ajudavam a fazer a merenda, varrer, passar pano, limpar vidros. Esse era o único espaço da vila que Helena não sentia que era um lugar para não existir, porque era um lugar de possibilidades. As crianças ousavam conhecer um pouco mais do mundo mesmo que significasse ainda um pequeno local para ser explorado. Eram os livros que traziam imagens possíveis para esse lugar e foi nessa época que Helena começou a sonhar em conhecer outras cidades e, por que não, outros países. O que as pessoas comiam nas outras cidades? Em que pensavam? Havia outras entranhas de terra escondidas, como as da sua vila? Essas pessoas gostavam de ler? Faziam o quê diante de problemas?

Depois de aprender a ler, passou a ter sempre livros na mochila, e acabou deixando dois deles ali por mais tempo do que deveriam. Descobriu também que isso poderia se chamar empréstimo prolongado, ou roubo. *Marcelo, marmelo, martelo* tornou-se a companhia predileta dela. Era um menino que ousava fazer perguntas e pensar possibilidades que os adultos não tinham pensado. Marcelo queria saber por que mesa não se chamava cadeira, e por que cadeira não se chamava chão. E, mais do que isso, Marcelo podia fazer perguntas sem que ninguém batesse na cabeça dele. Marcelo nomeava e reagrupava coisas em novas simulações de situações de uma mesma casa.

Helena olhava para o teto e pensava como seria a casa dela se os objetos estivessem ao contrário, como se a gravidade pudesse puxar os pés para o forro e eles ficassem invertidos. A mãe, sentada à mesa com os cabelos pretos pendurados para baixo, com a xícara na mão. O pai não tinha cabelo, logo sua cabeça estaria fixa. A mesa de fórmica azul, as cadeiras bege estofadas, o fogão a lenha e, por fim, as louças caindo de forma lenta e se espatifando no chão, enquanto eles jantavam em silêncio.

Se existia um personagem explorador que decidia fazer perguntas, havia também uma ovelhinha que fazia tudo o que as outras mandavam, no livro *Maria vai com as outras*. Maria e Marcelo eram como a noite e o dia para Helena, dois lados que competiam entre si. As fronteiras nem sempre eram claras e se pareciam muito com uma peça de roupa largada em um canto que vai pegando mofo pouco a pouco. É possível, dependendo da dobra, encontrar espaços livres do bolor e outras partes já afetadas totalmente pelo fungo. O que determinaria as partes não afetadas seria a dobradura?

Como os irmãos já estavam crescidos quando ela nasceu, Helena passou a ser o chaveirinho da mãe, a que ela carregaria a todos os lugares, a que transportaria os sentimentos da mãe mesmo a mãe achando que tudo estava em segredo.

Antes de saírem para passear, a mãe se certificava mais de uma vez se Helena estava realmente saciada, tinha receio de que pedisse comida na casa dos outros. Os avós de Helena eram agricultores de família numerosa, na qual a luta sempre foi por colocar comida na mesa. A coisa mais importante para eles não era ser feliz, conhecer lugares, estudar, pensar na vida – era ter um teto e uma barriga estufada. Era vergonhoso para a mãe que a filha pedisse algo, porque indicaria que eles não tinham comida em casa. A mãe sempre demonstrou preocupação em não deixar que as pessoas tecessem seus próprios pensamentos sobre a família Culmann, tratando de munir a vizinhança com as informações que ela gostaria que se espalhassem.

Quando Helena apresentou Miguel à família, a primeira coisa que a mãe contou a ele foi do dia em que foram visitar Matilde, a que falava "açucre" no lugar de "açúcar" e fazia deliciosas bolachas caseiras pintadas com clara de ovo adornadas com granulado azul, rosa e verde. A mãe a tinha advertido de que não se devia comer mais de três, muito menos pegar a última, porque esse gesto indicava falta de educação. Naquele dia, Helena avistou a última bolacha no prato e, para não desobedecer à mãe, partiu a bolacha ao meio e comeu a metade.

Vez ou outra, Helena e a mãe visitavam tia Lídia, aquela que emprestou o paiol antes de eles construírem a casa na nova vila. Aquela que viu o cadáver da irmã na mudança do cemitério. A tia era a pessoa mais caprichosa que existia naquele lugar, segundo a mãe de Helena. Os panos de chão não pareciam ser o que eram, de tão alvejados. A mãe de Helena podia passar o dedo em qualquer móvel, que nunca haveria vestígio de pó, mesmo a casa sendo cercada por vias de terra. O marido da tia se chamava Hilário e era irmão do pai de Helena, o único que saiu ruivo na família.

A casa de madeira tinha dois quartos, uma cozinha e uma sala. A única a entrar na sala era tia Lídia, para tirar o pó de cada bibelô – bibelô galinha, bibelô gato, bibelô cachorro – e depois colocá-los em cima de toalhinhas de crochê brancas. Quando chegavam visitas, e de visitas eram chamados todos os que entravam na casa, mesmo os irmãos, tia Lídia as recepcionava na cozinha, ao lado do fogão a lenha, com chimarrão e biscoito de araruta. O jantar saía às seis da tarde, horário em que a tia passou a acordar anos depois, quando tio Hilário começou a dizer que ela estava com ideias sem lógica.

Em cima do fogão de tia Lídia, havia um pano igual ao da casa de Helena, com os dizeres *"In Gluck und Not gibt Gott uns Brot"*. Como a mãe nunca disse o que aquilo queria dizer, Helena perguntou à tia, que da mesma forma não soube responder. Durante o jantar, Hilário contou uma história que as mulheres escutaram com atenção. As histórias que circulavam na vila dividiam-se em duas categorias: aquelas sobre as pessoas que viviam naquele lugar e as que a televisão mostrava. Hilário gostava de se concentrar nas histórias dos moradores dali. O relato que não parava de sair da boca dele era o da morte de Nice, com a qual se dizia chocado, "uma mulher nova morrer, e naquele estado". As bocas na cozinha pareciam estar em choque, se esforçavam para uma representação exagerada.

– Coitado do Danilo e dos meninos, agora vão ficar sozinhos. – Hilário balançava a cabeça enquanto terminava de mascar a carne com gordura grossa que não descia pela garganta. – Quem vai limpar a casa, quem vai cozinhar? Como eles vão se virar? Também, enchia o cu de cachaça, deu nisso.

– Ele também bebe – tia Lídia abriu a boca para falar, mas o tio ergueu a voz:

– Capaz! Ela era a bêbada.

A mãe de Helena começou a falar de quando ela e Nice eram jovens e recém-casadas, de como Nice sempre tomava a frente para organizar as festas da igreja e convocar as mulheres para matar e depenar as galinhas para os risotos. De como gostava de se arrumar para Deus nas missas. De que sempre teve os brincos mais bonitos.

– Sozinha, dava conta de fazer dez bolos formigueiro. Parecia mesmo que tinha formigas nele – comentou a mãe.

– Eu gosto de limpar o bucho da galinha, né, mãe? – disse Helena.

A mãe de Helena continuou falando, e se lembrou de uma vez que ela e Nice foram a um campo de futebol no domingo. Tio Hilário foi até a caixa de lenha, pegou palha e fumo para enrolar um tabaco. Helena lembrou que no dia em que elas foram ao campo de futebol viu a mãe em frente ao espelho, tentando acender um cigarro e fazer um quatro com as pernas para ver se parava em pé.

A mãe e a tia se levantaram para lavar louça enquanto o tio permaneceu fumando, sentado à mesa. Em seguida, foram para o quarto de visitas trocar as fronhas e sacudir os lençóis, aproveitando para conversar em voz baixa, sussurrando frases entrecortadas pelo som agudo do vaivém do lençol sendo sacudido. Não havia porta no quarto de visitas, apenas uma cortina muito bem tecida e limpa, dividida em duas partes, com uma fresta que dava para a cozinha. O colchão da cama era feito de palha de milho, e formava ondas conforme o peso do corpo de quem dormia nele. Os travesseiros eram recheados com penas de gansos, bichos dos quais se aproveitava tudo: o bico, os pés e a pele para fazer sabão, as penas para rechear travesseiros e acolchoados e o corpo para ser comido.

Toda vez que Helena vai arrumar os lençóis da cama na casa em que mora com o marido lhe sobe o cheiro da palha de milho do colchão de tia Lídia, ao mesmo tempo que uma água vai preenchendo os olhos dela como uma torneira que pinga e inunda um pequeno recipiente.

A tia Lídia saiu do quarto e a mãe da menina puxou bem a cortina para tapar a visão da cozinha, olhou embaixo da cama, abriu o guarda-roupa e por fim verificou se a tramela da janela de madeira estava bem trancada. A menina sabia que a mãe não era curiosa a esse ponto. Helena perguntou por que ela fazia aquilo, e ela contou que, ainda na antiga vila, a prima dela um dia fechou a casa com um homem escondido embaixo da cama. Helena pegou no sono logo, acordou depois de um tempo quando percebeu que o braço da mãe não pesava mais sobre o corpo dela. Pela fresta da cortina, viu que tia Lídia e a mãe dividiam um tabaco e um copo de conhaque, já era madrugada. Não conseguia entender o que falavam, só ouviu o nome "Antônia" mais de uma vez e também a palavra "filhos". Já tinha escutado que tia Lídia não podia ter neném. A mãe voltou para a cama depois de um tempo. Mas agora era Helena quem não conseguia dormir, porque os sons da casa mudaram de repente. Escutou o ruído de panelas sendo areadas, a bucha que passava várias vezes na mesma faca, a lixa áspera que vagueava pelo fogão, a vassoura de palha no chão, depois o pano úmido e, por fim, o pano seco. Começou a imaginar a história das coisas dessa casa.

Depois de alguns anos, os rumores, de tanto se repetirem, tornaram-se verdade. Tia Lídia havia trocado o dia pela noite. Quando todos acordavam, ela dormia; quando todos dormiam, ela acordava. Com o tempo deixou de ser reconhecida como a mulher mais caprichosa da vila, e não se sabia o que fazia à noite nem por que tinha deixado de limpar a casa. Algumas vezes, o tio de Helena a via fumando tabaco diante do fogão e contemplando o escuro através da janela.

Tia Lídia havia estudado até a quarta série, o máximo permitido para as meninas naquela época. As séries seguintes eram para os homens, que precisavam ter uma profissão. As mulheres seriam as pessoas que se casariam e cuidariam da casa e dos filhos. Um dia, Hilário deparou com papéis recortados de um saco de farinha, repletos de anotações feitas pela mulher. Perguntou o que era aquilo, mas ela não soube explicar, disse que tinha vontade de escrever frases e assim fazia. Na manhã seguinte, havia bilhetes espalhados por toda a cozinha. Sobre a mesa, pendurados nos armários, colados no teto com goma caseira e até em fitas penduradas no teto para pegar moscas.

O pó de farinha se espraiava pelas frestas do chão de madeira. O que ele conseguiu entender de algumas frases cifradas é que Lídia guardava uma dor por não ter dado a ele nenhum filho. Alegando que a mulher havia enlouquecido,

Hilário separou-se dela, mas ofereceu o paiol para ela morar, já que ela não era uma pessoa ruim. O mesmo paiol em que a família de Helena morou antes de construir a casa.

Helena e a mãe visitaram tia Lídia outras vezes, mas já não dormiam lá. A mãe dizia que agora o chiqueiro da sua casa era mais limpo que o paiol dela. Tia Lídia e a mãe tomavam chimarrão ao lado do fogão a lenha, olhando para a casa que agora era só de Hilário. A mãe de Helena tentava afastar com os pés os restos de farelo de pão misturados com paus de lenha e grãos de milho, que as galinhas vez ou outra entravam para ciscar. Quando isso acontecia, tia Lídia aproveitava para agarrar uma pelo rabo e torcer o pescoço, colocar água para ferver e em seguida depená-la ali mesmo. A mãe de Helena não gostava que a menina visse os bichos sendo abatidos, "não é coisa pra criança". Na casa deles, os homens faziam esse serviço e as mulheres só saíam com os utensílios que iriam utilizar na carneação depois de o porco ser abatido. Mas do mesmo jeito a menina escutava o grito de agonia do porco.

Hilário se casou de novo com uma mulher mais jovem do que ele. Tia Lídia continuou morando de favor no paiol e, em troca, ajudava a nova mulher do ex-marido no quintal e na roça. As duas se davam bem, havia quem dissesse que se davam bem demais, que isso não terminaria em coisa boa. Tia Lídia deixou de ir à igreja porque o padre não aceitava mais que ela recebesse o corpo de Cristo.

Uma vez, quando voltavam da casa de tia Lídia, Helena e a mãe depararam com o pai esgotando o lago do lado de casa. Os peixes começavam a boiar na superfície e o pai disse que precisava trocar a água que estava ficando velha. Helena ficava imaginando como uma água podia ficar velha. A menina acompanhou para ver o que havia dentro daquele lugar que eles preferiam chamar de açude às vezes, mas para Helena era lago. Quando a água começou a baixar, deu para ver as carpas laranja se debatendo no fundo do barro e, no meio delas, alguns litros vazios de cachaça. O pai olhou para a mãe e ela foi logo dizendo que o vizinho era um porco, mas Helena já tinha visto a mãe atirar garrafas lá dentro.

O pai e os irmãos mataram mais de vinte carpas naquele dia e algumas foram colocadas no freezer, outras distribuídas para os vizinhos. A mãe sabia fazer uma carpa recheada no forno com ovos cozidos e farofa. Helena imaginava agora o que haveria na barriga das carpas. Será que elas poderiam engolir um litro? Uma carteira de cigarros? Um sapo? Imaginou uma carpa fumando um cigarro dentro do rio, gargalhou para si mesma ao pensar nisso.

Não havia um lugar para comprar comida pronta na vila, e assim a mãe fazia algumas receitas que havia aprendido com as mulheres da família e outras que encontrava em livros de receita, os únicos da casa. A menina adorava quando a mãe fazia uma sopa de legumes com galinha e colocava o que, na época, chamava de massinha, mas que depois ela descobriu que se tratava de uma comida alemã, o *spätzle*. Helena gostava de lambuzar os dedos colocando a farinha, a manteiga e o trigo para fazer a massinha.

Como os alunos sempre levavam algum ingrediente para completar a merenda que vinha do governo e era insuficiente, ela convenceu a mãe a lhe dar uma carpa recheada inteira. Caminhando, com a mochila nas costas e um sorriso de orelha a orelha, carregava nos antebraços uma carpa embalada. Helena avisou que tinha trazido uma surpresa para o intervalo. Os alunos ficaram em volta dela no recreio, até que desembalou o bicho e repartiu os pedaços com sua professora Heloísa, Maritza, o amigo Nuno e os outros alunos. Eles comeram tudo e não reclamaram do gosto de barro guardado da barriga da carpa.

O filho de Matilde, aquela que falava "açucre", começou a namorar a irmã mais nova da professora Heloísa, que se chamava Maristela. Rodrigo tinha a mesma idade do irmão mais velho de Helena, Mário Jerônimo. Helena observava a conversa e enfim havia chegado a hora de usar uma frase que escutou muito e que estava sem utilidade.

– Ela é mais velha que eu – disse Rodrigo a Mário, querendo saber a opinião do amigo.

Helena tinha pouco mais de um metro, olhou de baixo para cima em direção aos dois:

– Ué, não é panela velha que faz comida boa?

Mário lhe deu um safanão na cabeça no mesmo instante em que ela acabava de pronunciar as palavras, e pela cara do irmão soube na hora que não deveria ter dito aquilo. Alguns anos depois, Rodrigo e Maristela se casaram, tiveram dois filhos e foram viver numa casa de madeira perto da escola.

Faz dois anos que Maristela se afogou no que restou do lago de carpas da casa de Helena. Todos disseram que não havia como ela se afogar em um lugar tão raso. Disseram também que foi por causa da morte da filha. Helena pensou que também podia ser por causa do seu pai.

Os varais da cabeça de Helena ficavam cada vez mais populosos e agora ela os categorizava, como tudo na vila. Seu pensamento era dual. Helena pensava que havia as memórias daquilo que ela viveu e as situações que ela imaginou, só não sabia ainda que as memórias reais guardavam também as impressões dos outros e muitas vezes se assemelhavam a uma ida ao oftalmologista. Quando você está diante de um médico, escolhendo uma lente para seus óculos, ele faz um teste e pede a você que escolha entre duas lentes. Esta ou esta? Esta ou aquela? De repente, as duas se embaralham e o médico precisa recomeçar. Aos 33 anos, as imagens do varal dentro da cabeça de Helena ganhavam outra textura, algumas imagens começavam a se revelar pelo fundo. Agora, não só se lembrava dela com a mãe em manhãs ensolaradas no quintal da vila, como também daquilo que havia sido ocultado atrás das mãos da mãe no rosto – eram as águas velhas que caíam dos olhos enquanto procurava um morango maduro.

Helena se lembrou de ter colocado um feijão dentro do nariz. Não tinha certeza se tinha sido antes ou depois de ler a história de *João e o pé de feijão*. A mãe dizia que descobrira pelo cheiro, quando já estava fedendo. Quando o médico tirou o feijão do nariz de Helena, o grão já brotava. Anos mais tarde, em um almoço de domingo, quando só restava a origem daquela casa, o pai e a mãe, Helena ouviu a irmã Priscilla contando a mesma história.

– Ei, essa história é minha! – disse Helena.

– Claro que não, fui eu que coloquei o feijão no nariz, né, mãe!?

– Mãe, que história é essa? Você sempre contou que fui eu – contestou Helena.

– Ah, não sei, acho que a Priscilla colocou um grão de milho mesmo.

II.

Na escola multisseriada, Helena tinha dois amigos principais: Maritza, filha da professora Heloísa, e Nuno, filho da dona da bodega. As casas de Helena, Nuno e Maritza ficavam em linha reta, alinhadas com a bodega. Era possível, mesmo que de longe, entrevê-las, e, ainda assim, caso alguém chamasse à noite, talvez não escutassem o grito. Nuno, que era irmão de Vicente e de Nica, tinha cabelos pretos encaracolados, mãos gordinhas e não falava o som do erre, por isso o apelidaram de Cebolinha, mas para Helena Nuno era Nuno. Mais tarde, Vicente iria ser tornar colega de Helena no colegial, porque demorou a deixar a sexta série. Usava óculos para miopia com seis graus e, mesmo assim, entortava o corpo para olhar com a cabeça de lado. A mãe deles sofria de uma paralisia corporal que ia aos poucos atrofiando todo o corpo. O último estágio da doença era deixar de andar e ficar com os dedos das mãos todos encolhidos. Essa família italiana era dona da bodega e do açougue da vila. O marido morreu jovem de câncer e, por isso, a mãe de Nuno ficou com os três filhos e mais negócios para cuidar. Desde que era pequena e sua mãe lhe pedia para comprar algum ingrediente, Helena via a mãe de Nuno assim, uma mulher de rosto miúdo e bochechas rosadas, de cabelos finos acinzentados, sentada na cadeira de rodas, com as mãos encolhidas e sempre segurando uma corrente para alcançar as costas de Nuno e de Vicente, que não lhe obedeciam.

A mãe de Helena não fazia lista, ia falando os itens que a menina precisava decorar e trazer para casa. Mas, antes mesmo de ir, Helena costumava negociar sua ida. Aceitava ir à bodega desde que a mãe a deixasse comprar alguma coisinha – uma pipoca doce, um pirulito ou ainda os saquinhos coloridos de suco que tinham acabado de chegar ao mercadinho. O suco era colocado dentro de uma fôrma transparente de plástico endurecida. Existiam fôrmas de carro, de espingarda e de casa, similares às coisas que existiam na vila.

Nica, irmã de Nuno e Vicente, parou de estudar para ajudar a mãe a cuidar da bodega e dos irmãos. Como Helena circulava de roda em roda escutando as conversas alheias, embora tenha aprendido a não dizer nada para não levar safanões na cabeça, sabia que os moradores da vila diziam que Nica era uma puta, que dava para os homens casados. Helena nunca escutou ninguém mencionar os homens casados que procuravam Nica. A menina começou a entender, já nessa época, que havia ali dois tipos classificáveis de mulheres – as santas, que se casavam, cuidavam da casa, acreditavam em Deus, tornavam-se mães e não ousavam contestar nenhuma regra criada pelo mundo dos homens; e as putas, aquelas que, mesmo sem saber, protestavam com o próprio corpo contra as versões ensimesmadas do mundo. Helena chegou à conclusão de que tia Lídia não se encaixava em nenhuma das duas descrições, nem a professora Heloísa, que era mãe e não tinha marido.

Quando Helena ainda era pequena, a família comprou um telefone, mas não dava para ligar direto. Para fazer uma ligação era preciso discar para a telefonista que ficava na bodega, a mãe de Nuno. A mãe reclamava que ela não passava as ligações feitas após as onze horas da noite. Helena começou a ligar para a prima Marianna, que morava no Rio de Janeiro, e pedia a ela que descrevesse como eram as ruas e as casas. Descobriu que existia um morro grande na cidade chamado Pão de Açúcar. Ela se perguntava se os doces brotavam da montanha e era possível lambê-los. Como as descrições demoravam muito, a mãe a proibiu de fazer ligações, que custavam muito dinheiro, e Helena voltou a se corresponder com a prima por cartas.

Helena ora brincava com Nuno, ora com Maritza, às vezes com os dois juntos. Se bem que Maritza não gostava de brincar com meninos. A filha da professora Heloísa tinha dois anos a mais que ela e uma barriga proeminente que lembrava a do Papai Noel. Alguns adultos riam pelas costas dela dizendo que devia ter lombrigas. A família da menina era dona de algo que Helena passava a semana inteira a desejar, mas que só podia usar aos sábados, se recebesse o convite. Os avós de Maritza tinham um banheiro de madeira fora de casa com uma banheira branca com pés e um chuveiro de lata feito com um balde de metal onde colocavam a água fervida e a água caía como um chuveiro, só que não era um chuveiro. Na casa de Helena era normal, elétrico.

Eram duas meninas que brincavam de fazer espuma e conversar dentro de uma banheira que parecia ter saído de um mundo improvável.

– Você gosta de chocolate ou Nescau?

– Mas não é tudo chocolate? – perguntava Maritza.

Helena imaginava de onde vinham as coisas e como a banheira tinha chegado à vila. Heloísa trazia mais água quente e pipoca feita com melado de cana para elas comerem enquanto se banhavam. Às vezes ela ficava sentada na porta lendo livros de Clarice Lispector e Helena podia entrevê-la, enquanto brincavam de pegar a espuma na mão e jogar água uma na cara da outra. Durante a semana, quando o avô de Maritza fazia a "garapa", o caldo de cana, pedia a Helena que trouxesse a jarra.

Além de Maritza e Nuno, existia uma terceira criança. Nem sempre estava com eles e Helena não a considerava amiga, era Rafa, amiga de Nuno. Rafa era uma vareta de magra como diziam, usava camiseta dos irmãos e estava sempre descalça. E se comportava muito mal para uma menina, segundo a mãe de Helena, que proibia a filha de brincar com ela. Heloísa e tia Lídia já eram proibidas de receber o corpo de Cristo, será que Rafa também não ia poder comungar quando crescesse? Helena gostaria de provar o corpo de Cristo e imaginava como esse corpo durava tanto com tanta gente o provando há tantos anos.

Depois de uma tarde de brincadeiras com Nuno e Rafa, Helena chegou em casa entusiasmada para mostrar à mãe a troca que fizera com o jogo de panelinhas de ferro. Rafa a convenceu de que as latinhas de fermento eram brinquedos com mais possibilidades de uso. Helena levou uns tabefes da mãe, mas não chegaram a doer tanto quanto a surra que levaria mais tarde de cinto de couro. A mãe repetia que Helena era uma menina boa e que não devia se misturar com Rafa.

Helena e Nuno se tornaram inseparáveis tanto nas horas boas como nas difíceis. Quando o coelho branco de estimação de Nuno, o Ninoco, morreu, ele o colocou em uma caixa de sapato e convidou Helena e Rafa para o cortejo até o potreiro. Foram os três caminhando pela estrada de terra da Nova Vila dos Hoffmann com Ninoco morto dentro de uma caixa de sapato. Chegando lá, fizeram um buraco, ajoelharam-se na terra, rezaram para o anjo da guarda do bicho, tiraram o coelho de dentro da caixa e Helena viu quando a terra foi jogada sobre ele, até não haver mais vestígio do ser de pelos fofos que um dia existiu.

Funerais sempre foram ritos assustadores para a menina, não apenas pelo desaparecimento dos seres, mas pelas histórias visíveis e invisíveis das pessoas dentro daquela caixa. Era comum as crianças acompanharem os pais desde pequenas nos velórios que eram feitos dentro das próprias casas. Helena não queria ver os pais dentro daquele estojo, já tinha visto o pai de Nuno assim. Ele parecia estar mais gordo e muito mais branco do que era, além de ter a cabeça enfaixada. Disseram que tinham tirado um tumor do tamanho de um ovo de dentro do crânio dele.

O velório de Nice, que tio Hilário não parava de comentar naquele jantar, foi o mais assustador que Helena presenciou. Quando morreu, Nice não tinha mais que 35 anos. Seu rosto miúdo e o pescoço, que se parecia com uma galinha enrugada com papada, estavam roxos. Pequenas argolas douradas estavam penduradas nas suas orelhas. Helena ficou pensando nos esqueletos que usam brincos, será que Antônia tinha brincos?

Os filhos adolescentes, da idade dos irmãos de Helena, choravam diante daquele corpo que guardava a lembrança do que um dia tinha sido a mãe deles.

– Por que ela estava roxa?
– Por causa da bebida, filha.

A partir desse dia, a mulher roxa começou a aparecer nos sonhos de Helena:

– Não paro de sonhar com a Nice, mãe, estou com medo.

– Sempre que alguma coisa ruim estiver acontecendo na sua vida, é porque você não está rezando o suficiente para Deus – explicou a mãe. – Reze, que ela desaparece.

Mesmo rezando, Nice nunca desapareceu, porque havia os pesadelos da noite e as situações que Helena entrevia mesmo durante o dia.

Helena não morava mais na vila quando soube que a filha de Maristela, irmã da professora Heloísa, sofrera um acidente. O que contaram é que ela tinha sido arremessada para fora de um carro em alta velocidade. O carro se chocou com uma árvore. Encontraram o corpo dela em um vale ao lado da estrada. Estava todo marcado como um repolho que é batido diversas vezes no mármore. Ninguém queria contar aquela história à mãe dela. Foi Heloísa quem se sentou com a irmã na varanda para lhe entregar o veredicto. Ela esperava por uma notícia ruim, já que a filha não tinha voltado para casa, mas guardava uma esperança de que a notícia ruim não fosse a pior de todas. Para a mãe, o corpo já estava arrumado no caixão e os cabelos já não tinham vestígios do sangue que havia grudado nele.

Diante do caixão de Nice, Helena se lembrou de todas as vezes que precisava buscar requeijão na casa dela antes de ela falecer. A menina tinha que caminhar por uma estrada de chão onde uma casa surgia vez ou outra com cachorros bravos que avançavam nas pessoas, desacostumados de ver alguém passando por ali, além da existência de um potreiro com mais de vinte búfalos. Helena escutou dos irmãos que, quando esses animais se sentem ameaçados, atacam fazendo um círculo e deitando em cima das pessoas. Quando Helena buscava requeijão, andava devagar e se abaixava em algumas moitas para não ser vista nem pelos cachorros nem pelos búfalos. Durante o trajeto, queria entender que ação despertava a ira dos búfalos, o que ela não devia fazer? Como eles se sentiam ameaçados?

Depois do sonho com a cobra quando Helena estava prestes a fazer 33 anos, outras simulações se manifestaram. Sonhou que já era adulta e estava na mesma estrada de terra da casa de Nice e em cima de um carro diferente – era uma cadeira que se movimentava no ar sem rodas. Em outro carro estavam a professora Heloísa e a filha dela já adolescente. Durante o trajeto, começou a ver fadas, ora estavam em carros parecidos com o dela, ora em carruagens que entravam na floresta e desapareciam de repente.

– Você está vendo o que eu estou vendo? – Helena perguntou a Heloísa.

– Você já está enxergando.

Tio Hilário construiu uma nova casa, deixando a antiga para trás. Mas mesmo assim manteve o paiol para tia Lídia. Helena foi com os pais visitar a nova residência. Passaram primeiro na casa velha, empoeirada e cheia de quinquilharias. Depois visitaram a nova construção, de alvenaria e com três quartos, para abrigar os filhos que teriam. Ao chegar em casa, a mãe de Helena viu uma pulseira de bolinhas brancas transparentes no pulso da menina. Ergueu a manga do casaco dela, e os braços estavam cheios de pulseiras com pedras de outras cores, do pulso ao cotovelo.

– O que é isso, menina, onde já se viu uma coisa dessas?

– Eles disseram que não queriam mais – Helena deu de ombros.

– A gente nunca pega o que é dos outros sem pedir. Vá lá agora e devolva.

Helena voltou à casa do tio, como a mãe tinha instruído. Ao chegar lá para devolver, tio Hilário disse para ela ficar com as pulseiras, era um presente. No caminho as jogou fora. O pior não foi ter que passar por essa humilhação, mas caminhar pela estrada dos búfalos. Olhou pela cerca e não viu nenhum. Assim, cresceu nela um pavor ainda maior. Será que eles haviam se soltado, pulado a cerca? De repente, no alto da montanha, viu um deles correndo na direção dela. O barulho das patas do animal pisando firme e correndo talvez fosse o mesmo dos batimentos do coração de Helena que disparava, mesmo ela não conseguindo se mexer. Na frente dela e diante de uma cerca de um metro e pouco de arame farpado, o búfalo roçou as patas dianteiras enquanto escorria baba da boca dele. A cabeça do animal com a língua vermelha para fora se inclinou para a frente e emitiu um grito. O berro parecia o de um boi rouco.

A única coisa em que Helena conseguiu pensar foi que tinha que sair logo de lá, antes que ele pulasse e se deitasse em cima dela. Foi arrastando um pouco os pés para andar diante da cerca, e o búfalo fazia o mesmo. Conforme ela andava, ele andava; se ela parava, ele parava. "O que ele queria?", Helena pensou.

Os irmãos tinham contado a ela que os búfalos eram capazes de atacar um leão na selva. Se fosse verdade, ela não teria chance nenhuma diante daquele animal. Helena foi se arrastando pouco a pouco pela estrada e se imaginando dentro de uma caixa, sem brinco, já que não usava nenhum, e talvez com os braços arrancados sem pulseiras e algumas partes do corpo mastigadas e com saliva de búfalo. Helena chegou ao fim da estrada do potreiro. Finalmente pegaria uma reta para chegar em casa. O búfalo ficou lá na esquina da cerca parado, olhando para ela. "Será que foi enviado por Deus para me punir porque peguei as pulseiras? Mas que diabo, eu estou rezando", concluiu.

Uma vez por semana, as famílias da vila se reuniam para fazer a novena em uma casa diferente. Vicente, o irmão de Nuno, era sempre o iniciador de um ciclo durante as rezas – colocava as mãos em cima do peito para conter o que não era para vir, tapava o som abafado da boca. Helena olhava para ele de canto de olho e tentava também segurar o que era irreprimível. Nuno olhava para Helena, disfarçava, e de repente não segurava mais. Bastava a primeira gargalhada para vir uma explosão delas na sequência. O pai olhava bravo para a mãe de Helena. A mãe já sabia o que fazer quando chegasse em casa – dar umas chineladas na menina para o gesto não se repetir. O sentimento que brotava do peito era tão gostoso que tudo bem ganhar umas chineladas depois, desde que não fosse surra de cinto ou de vara.

Depois da reza, os adultos permaneciam dentro de casa conversando sobre a safra de feijão e sobre o tempo pestilento que fazia tudo apodrecer, enquanto saboreavam bolachas cobertas com clara de neve e granulados coloridos. Helena gostava de lamber todo o granulado, de ir mordiscando pelas beiradas. Uma vez, em uma das novenas, estavam brincando de mãe-cola e ela não viu a cerca de arame farpado onde eles penduravam roupas. Deu de cara com o varal, sua testa começou a sangrar imediatamente e o sangue a escorrer por todo o rosto.

– Não vou morrer, né? Diga que não! – perguntou à mãe.

Já adulta, sempre que Helena passa a mão na cabeça, lembra-se da casa de Nuno. A casa dele ainda é uma bodega, agora cuidada por Vicente e Nica, que nunca se casaram. Nuno construiu outra casa na mesma vila, na frente da casa que foi de Helena. Casou-se com Rafa. A mãe deles, faz alguns anos, deixou de existir.

Era comum haver uma festa especial por ano na qual se comemorava o nome do pároco da igreja, a única festividade em que tinham permissão, dentro de certas regras, de colocar o corpo para dançar o xote. A mãe de Nuno tinha um barracão onde carneava bois e porcos em um terreno próximo à igreja. Foi lá que Nuno sequestrou e amarrou um amigo que o tinha chamado de burro na escola. Depois que o colega estava amarrado, Nuno, com uma faquinha na mão, começou a dar voltas ao redor da cadeira. Na sequência tirou seu órgão masculino e mijou na frente do menino.

– Diz quem é o burro agora, ah? – repetia Nuno.

O menino chorava e, se não fosse Vicente chegar a tempo, Nuno teria capado o menino.

Depois da passagem pela sala multisseriada da professora Heloísa, os pequenos moradores da Nova Vila dos Hoffmann que chegavam à quinta série precisavam pegar um ônibus e ir estudar em uma escola com séries separadas na cidade de Rio Azul. Helena sabia que a mãe só tinha estudado até a quarta série e se perguntava se a deixariam continuar estudando.

– Você vai estudar, sim. Você precisa estudar, minha filha, pra não ficar igual a mim – dizia a mãe.

Na época, Helena pensava que "igual à mãe" era uma referência apenas aos estudos. Matriculada na quinta série, Helena começou a pegar o ônibus para Rio Azul todos os dias e a retornar só às duas da tarde. Na escola da vila, havia apenas uma sala de aula com cozinha e varanda, o que equivalia a uma casa pequena. Ela deparava agora com uma escola que ocupava quase um quarteirão de uma pequena cidade com mais de dez salas de aula, além de cozinha, cantina, duas quadras, uma de vôlei e outra de futebol, e um laboratório com répteis guardados em vidros transparentes. Foi a primeira vez que Helena pôde ver uma cobra filhote guardada no álcool dentro de um vidro.

Quando voltava da escola, Helena encontrava um prato de comida pronto na beira do fogão a lenha, deixado pela mãe. A menina lamentava que agora também não podia escolher o que colocar no prato e precisava raspá-lo, porque era pecado jogar comida no lixo. Quando a mãe não estava vendo, ela pegava o chucrute e dava para a gata Rebeca, que entrava escondida em casa. A gata também fazia cara feia, mas comia. Um dia, Helena escutou miados na cozinha. Ela e a mãe vasculharam o espaço e descobriram que Rebeca tinha tido uma ninhada de gatinhos embaixo da geladeira. A mãe botou Rebeca e os filhotes para fora de casa.

À noite, Helena foi dormir e escutou os mesmos miados dentro do quarto. Olhou embaixo da cama e não viu nada até abrir o armário e descobrir que Rebeca e os gatinhos estavam em cima do cobertor dela. A menina apenas encostou a porta, voltou para a cama e dormiu. Ficou feliz em saber que Rebeca tinha escolhido o quarto dela. Agora ela e a gata tinham um segredo, que durou apenas até a manhã seguinte. Quando voltou da escola, a mãe tinha botado os bichanos novamente para fora de casa. Dessa vez, Rebeca parecia ter entendido a mensagem e foi se abrigar no paiol.

Fora Rebeca, havia a cachorra chamada Lessie, que não tinha nada a ver com a do filme. A Lessie de Helena era gorda, de pelos grossos e pretos. Um dia, Lessie sumiu e ficou desaparecida como o tio de Helena, que um dia saiu de um hospital e nunca mais voltou. O pai disse que Lessie tinha ido embora, mas o que ela descobriu anos depois é que ele a tinha sacrificado com a espingarda porque a cachorra estava velha e doente.

Depois de voltar da aula e raspar o prato, Helena deveria fazer as tarefas domésticas, que aumentavam a cada ano em função da idade e seguiam uma lógica que Helena não compreendia – a responsabilidade aumentava, mas a falta de liberdade permanecia a mesma, principalmente quando se tratava das meninas. Um dia resolveu tentar um novo experimento. Não queria cumprir a tarefa todo dia, e a maneira que encontrou foi quebrar a vassoura, pensando que, se não tivesse o utensílio, não teria como lavar a calçada.

Helena foi flagrada fazendo isso e a mãe da menina ficou assustada com o que viu. Chamou a filha até o quarto dos irmãos para conversar. Com o cinto de couro na mão, pediu a Helena que abaixasse as calças e em seguida começou a bater nela em todas as direções do corpo – da direita para a esquerda, da esquerda para a direita, de baixo para cima, de cima para baixo. Não suportando a dor, Helena começou a gritar. Os estalidos do cinto aumentaram na medida dos gritos da menina.

– Cala essa boca, senão vai apanhar mais – disse a mãe.

Helena fitava a máquina de costura que estava à sua frente para se concentrar em algum objeto. A máquina era verde e tinha flores marrons como o açucareiro do casamento dos pais que um dia ela roubaria. Sua visão escureceu por um momento, mas, antes de cair, ainda ouviu uma frase completa:

– Isso é para você nunca mais me desobedecer. Você é uma menina boa.

Helena demoraria muitos anos para entender como uma frase entra num corpo, esparrama-se por todas as células e fica lá escondida até da própria hospedeira. Uma frase ou um gesto aprendido não era como uma roupa encardida que se limpa com água sanitária.

Já adulta, Helena estava fazendo o ritual de olhar embaixo das camas e revistar guarda-roupas antes de dormir quando a filha, Alice, a flagrou com um olhar curioso. Tinha copiado o mesmo gesto da mãe. Fazia isso como o ato cotidiano de lavar louça ou tomar banho, sem pensar que esse hábito não era dela. E, mesmo que o interrompesse, o sentimento encalacrado da imitação demoraria para sair desse corpo.

Quando ainda moravam na vila, os pais de Helena viajavam para Rio Azul uma vez por mês para fazer no que chamavam de rancho, a compra mensal. A mãe reclamava que as coisas na bodega eram muito caras. Eles plantavam verduras e frutas, tinham porcos, galinhas e ovos. O requeijão, a nata e o leite eram comprados na casa de Nice, mas ainda assim faltava farinha, chocolate em pó, fermento e outros itens não plantáveis. Em uma dessas idas à cidade, levaram Helena para cortar o cabelo.

Eram onze horas da manhã quando Helena refez o corte escovinha, a mãe não deixava que o cabelo dela crescesse porque podia pegar piolho e também porque gastava muito xampu. Chegou o horário de almoço e a cabeleireira dividiu um sanduíche com ela. Eram três da tarde e Helena continuava sentada no sofá olhando para o relógio, já tinha lido todas as revistas do salão.

– Acho que sua mãe te esqueceu – a cabeleireira riu.

Eram cinco da tarde quando a mãe entrou esbaforida dizendo que estavam chegando em casa quando se deram conta de que tinham esquecido Helena. Alguns anos mais tarde, a filha tentou falar com a mãe sobre o que sentiu naquele dia.

– Nunca esqueci você.

– É só ir na cabeleireira que ela te lembra dessa história.

– Imagina que vou pedir para alguém lembrar minhas histórias.

Houve outra vez que foi pior. Foi na festa anual da igreja, a mesma em que Nuno tentou capar o colega. De noite havia o baile e, no dia seguinte, a missa e o almoço. Helena ouviu a mãe contar que, de tarde, avistou dois caras estranhos fumando no pátio da casa deles. Helena acordou à noite e não havia ninguém em casa. A mãe, o pai e os irmãos tinham ido ao baile e a deixaram dormindo. A irmã tinha dois anos e também não acordou. Estava escuro e ela começou a ouvir barulhos no pátio e, em seguida, o cachorro latindo. Tentou pegar o liquidificador para ligá-lo, mas não conseguia caminhar, a respiração ficou mais acelerada do que quando viu o búfalo. Quando a mãe chegou em casa, deu de cara com a filha estirada no meio da cozinha e pensou que Helena podia ser sonâmbula como o outro filho, Mário.

Helena não fugia de Rafa só por causa dos conselhos da mãe, mas porque ela não agia de modo previsível como os outros. Foi nessa época que descobriu também que o Papai Noel não existia. Foi uma decepção ter que viver sem aquele senhor de cabelos brancos que chegava em um carro voador para distribuir presentes. Mas, se o Papai Noel não existia, como acreditar em outros seres? "Marcelo, marmelo, martelo existia? E a Maria vai com as outras? E o Aladim? E o João e o pé de feijão? E o menino Jesus?", ela se perguntava.

A menina tentou adiar ao máximo que lhe contassem que o Papai Noel não existia, porque enquanto alguém não dissesse isso em voz alta, ela poderia permanecer com essa ilusão. Por isso, começou a evitar cada vez mais a Rafa, ela sim seria capaz de contar uma verdade dessas.

Todo Natal o pai trazia da floresta uma árvore pequena onde eles colocavam alguns sinos coloridos e o algodão branco para simbolizar a neve. Embaixo do pinheiro, a mãe fazia uma cama de musgo para abrigar os três Reis Magos, as ovelhinhas que Helena havia batizado de Marias, além da própria Maria, mãe de Jesus, José e o menino Jesus.

– Mas, se Jesus está no berço, como ele pode ter morrido adulto na Páscoa? – a menina perguntava e deixava a mãe nervosa.

Com a mãe, Helena fazia bolachas pintadas com símbolos natalinos e, à meia-noite, ia à Missa do Galo. Quando retornava, o Papai Noel já tinha colocado os presentes embaixo da árvore. Houve uma vez que chegaram em casa antes de o Papai Noel entregar os presentes, e as crianças tiveram que se trancar na cozinha. Os passos do Papai Noel percorriam a calçada ao redor da casa; e a euforia, o corpo de Helena. Ela imaginou que caía neve e ele estava vindo do Polo Norte com seu trenó de cachorros de olhos azuis sacudindo os flocos brancos do pelo e pousando em cima da chaminé da casa dela.

Descobriu que o Papai Noel não existia no mesmo dia em que a mãe a esqueceu no salão da cabeleireira. Voltaram para casa e viu quando a mãe, com pressa, colocou os presentes no armário embaixo das roupas. A decepção foi dupla porque descobriu também o que iria ganhar – uma boneca de seis centímetros que cabia dentro de uma caixa de fósforos. Helena e seus irmãos sempre ganhavam presentes grandes, mas naquele Natal o pai estava com pouco dinheiro. Anos mais tarde ela descobriria o motivo: o pai vinha gastando com outras mulheres. A irmã da professora Heloísa era uma delas.

Logo após o Natal, Helena estava brincando com Nuno e Rafa quando os perdeu de vista. Ficou algum tempo procurando sem encontrá-los, até que começou a examinar um matagal atrás da escola e deu de cara com eles fazendo o que chamavam de tic-tac. Os dois estavam nus e esfregando suas genitálias. Convidaram a menina que estava diante deles com os olhos arregalados para se juntar ao tic-tac. Foi para casa e relatou o acontecimento à mãe e aos irmãos, que riram dela e do nome que as crianças tinham dado àquilo.

A partir daquele dia, em vez dos dedos cutucando o peito, começou a sentir de vez em quando uma leve coceira que a fazia ter vontade de rir, mas não ria, só ficava olhando para as coisas de forma abobalhada, como dizia a mãe dela.

A prima Marianna, que morava no Rio de Janeiro e tinha roubado o nome dela, veio visitar a avó. As duas estavam deitadas na cama quando Helena a convidou para fazer tic-tac com ela. Afinal, ela tinha aprendido um pouco mais sobre o mundo e poderia provar à prima que mesmo morando naquela vila sabia mais do que ela. Explicou os movimentos e perguntou se a prima queria experimentar. Marianna aceitou sem questionar. Embaixo das cobertas, as duas arriaram as calças, ficaram uma de frente para a outra e começaram a esfregar as vulvas. Depois desse dia, começou a usar também as almofadas do sofá para se roçar quando não havia ninguém em casa. Lamentava ter deixado de estudar à tarde e não ter a casa toda para si ao escurecer.

III.

Helena já estava entrando na pré-adolescência quando soube de um lugar que todos frequentavam, exceto a mãe. Descobriu embaixo de algumas telhas no picador de lenha as revistas pornográficas que os irmãos guardavam. Como sua idade avançava, recebeu a incumbência de picar lenha – atividade que lhe rendeu um sinal no dedo anelar na mão esquerda quando errou a madeira e acertou a própria mão. Essa era uma atividade que fazia com mais gosto do que lavar calçadas, principalmente agora que já sabia a diferença entre graveto e lenha.

Ela era pequena quando a mãe lhe pediu que fosse buscar gravetos e ela apareceu com três paus de lenha no colo. A mãe disse que tinha pedido graveto, que era uma madeira mais fina. A menina voltou no picador e trouxe uns paus um pouco menores. A mãe, puxando-a pela orelha, foi até o picador e mostrou a diferença entre lenha e graveto.

– Isso é pau. Isso é lenha. Isso é graveto. Não consegue perceber que graveto é mais fino e tem essas lascas ásperas?

"Agora está claro", Helena queria ter dito, mas era melhor só concordar com a cabeça.

Helena continuava pegando o ônibus escolar junto com Nuno, Maritza, Rafa e outros amigos que se agregavam para estudar em Rio Azul. Os cabelos loiros avolumados agora chegavam à metade das costas porque estava autorizada a deixá-los crescer. Como já tinha feito a primeira comunhão e a crisma, tornou-se catequista para ensinar as outras crianças sobre o nascimento do menino Jesus, só que acabava misturando o que lhe contaram com o que leu em livros. Maria era a mãe de Jesus e Maria também era a ovelhinha do livro *Maria vai com as outras*. Maria era ainda a sua irmã mais velha.

Herdava tudo dos irmãos – as gírias, as roupas, os gestos ágeis ao manusear um controle remoto, os objetos, as músicas do Pink Floyd e The Police que o irmão Márcio ouvia. Houve uma vez que não teve a sensação de ser uma pessoa que só recebia coisas usadas e gastas, porque ganhou um objeto que queria – herdou do irmão uma bicicleta de guidão, que chamavam de bicicleta de piá. Era pequena com os guidões arqueados, ao contrário das bicicletas cor-de-rosa com cesto na frente que ficavam com as meninas.

Os irmãos serviam para muitas coisas nessa época e faziam o papel que a internet faz hoje na vida das crianças e dos adolescentes. Se não soubesse alguma coisa, jamais se arriscaria a levar uma surra perguntando aos adultos. Recorria aos irmãos, já que os tapas tinham menos força. Não havia rodinhas nas bicicletas para fazer a transição do aprendizado. Havia irmãos. Helena montou na bicicleta em uma descida e começou a pedalar porque Maria estava segurando no banco de trás.

– Está segurando? Está segurando? Está segurando? – Helena repetia sem parar, e a irmã gritava que sim. Depois de um tempo, olhou para trás e viu que a irmã tinha ficado lá em cima do morro e na mesma hora caiu e ralou os joelhos em uma pedra. Levantou e começou de novo, esse era o jeito de aprender, andar para a frente, cair, começar de novo, mas isso foi enquanto ela era criança.

Helena deu à bicicleta o nome da gata. Havia agora duas Rebecas morando no paiol. No pátio de sua casa, que não era plano, a bicicleta Rebeca acompanhava a menina durante as tardes e sabia muito mais coisas a respeito dela do que os pais e os irmãos. Ela inclinava a região do púbis em direção ao assento para ficar passeando pelo terreno da casa com cara abobalhada. Depois de um ano juntas, Helena queria ter um tênis M 2000 e só havia uma maneira de comprá-lo: vendendo Rebeca.

Outras atividades foram sendo incorporadas ao seu cotidiano. Além de picar lenha, deveria lavar os sapatos barrentos do pai e dos irmãos em um riacho próximo do lago, em cima de uma tábua de madeira para não sujar a lavanderia. Certa vez, deparou com uma pequena cobra preta com listras amarelas que abria a boca e lhe mostrava a língua. Deixou tudo lá, a faca e os sapatos, e correu para casa.

– Nem se você me matar volto lá! – disse.

A mãe riu e incumbiu o irmão Márcio da tarefa de lavar os sapatos encardidos. Foi nessa época também que Helena acertou uma vassourada na cabeça dele após entender que existia uma hierarquia na casa que não era dada pela idade, mas pelo gênero. Mário era mais novo que Maria, a mais velha, e mesmo assim corria atrás dela com uma faca quando estava enfurecido e distribuía tapas na cabeça dela. Mário podia aprender a dirigir e pegar o carro do pai para passear. Mário, Márcio e Matheus poderiam até engravidar alguém, mas jamais carregariam uma criança na barriga. Eles podiam ir ao baile e voltar de madrugada. Maria só podia ir ao baile acompanhada dos pais. Mesmo com todas as restrições, a irmã engravidou do primeiro homem com quem transou. Talvez a mãe, como Helena, também pensasse que as coisas ruins só aconteciam na escuridão, quando não conseguimos ver direito a expressão das pessoas.

Helena pegou a vassoura e deu na cabeça de Márcio, que a olhou assustado e começou a chorar, mas não contou à mãe. O que Helena queria ter feito não era ter batido nele, mas dar um aviso, mostrar a arma caso precisasse dela um dia. Não entendeu por que veio o impulso de bater. Depois disso ela ainda bateria a cabeça da irmã Priscilla na parede, e também daria um soco na cara de uma menina do colégio.

Nuno, o amigo, continuava a desafiar as pessoas da vila. Uma vez, levou uma garrafa descartável para mijar dentro do ônibus. O motorista João, um homem de mais de 150 quilos, que sempre estava com o zíper da calça aberto, parou e ameaçou expulsá-lo enquanto os outros alunos riam e ele mandava todo mundo calar a boca. João expulsou Nuno e arrancou com o ônibus, mas depois de alguns quilômetros parou e esperou que ele alcançasse o veículo, já que não podia chegar à vila sem o menino.

Helena também queria se arriscar como Nuno e, na hora do intervalo, junto com a sua nova amiga Fernanda, comprou no bar ao lado da escola uma bebida chamada cuba-libre, uma mistura de Coca-Cola e rum.

A aventura não demorou mais do que o primeiro gole. O zelador sentiu o cheiro de bebida e as duas foram parar na direção. A diretora disse que não contaria à mãe dela, desde que ela nunca mais repetisse o ato. A mãe não frequentava as reuniões da escola porque dizia que Helena era uma menina comportada e que tinha medo de que um dia pudesse incomodá-la demais, já que não costumava causar problemas.

Já adulta, mesmo sem imaginar que estava sendo inoportuna, chegaria o momento de Helena atormentar a mãe demais, nas palavras da própria.

No colégio, havia os lanches vendidos pela cantina e os servidos de graça pela escola. Helena ganhava mesada do pai para comprar lanche, mas começou a comer a merenda doada e guardar o dinheiro para si, que usava para comprar os cadernos com as capas que lhe agradavam. Achava engraçado as tias da merenda servirem macarrão parafuso com carne moída às dez da manhã.

Depois que começou a estudar em Rio Azul, Helena encontrava Nuno, Rafa e Maritza no ônibus e principalmente na missa. Vivia com os braços enganchados em Fernanda, que a convidou para passar um fim de semana na casa dela.

Sempre que Helena pedia alguma coisa, a mãe dizia:

– Peça a seu pai. Se ele deixar, tudo bem.

Helena pedia ao pai, que então respondia:

– Peça a sua mãe.

Depois de ficar ziguezagueando de um lado para outro, Helena se impacientou:

– Mas afinal quem decide essa bosta aqui?

Levou um tapa na cara na mesma hora, a mãe se sentiu culpada e acabou permitindo que ela fosse à casa de Fernanda.

Foi graças ao tapa na cara que Helena ficou pela primeira vez em uma casa apenas com uma amiga. Ela ocultou a informação de que os pais de Fernanda estariam viajando. A casa tinha janelões de vidro, que precisavam de cortinas bem fechadas para resguardar o que acontecia lá dentro. Diferente da casa de Helena, onde havia um banheiro para oito pessoas, a casa de Fernanda tinha dois banheiros e duas salas, uma de TV e outra para as visitas.

Era possível acordar tarde, andar descalço sem que ninguém mandasse colocar chinelo, deixar a mesa com migalhas e comer a qualquer hora. Tomar cuba-livre também sem ser pega pela diretora. Fernanda usou a cachaça do pai dela para preparar um drinque e, na sequência, chamou Helena ao quarto, fechou a cortina da janela e ofereceu um baseado.

– O que é?

– É um cigarro que te faz feliz.

– Isso é droga, não é? – questionou Helena.

– Depende – disse Fernanda. – Você que sabe.

Como Helena era curiosa, pegou o cigarro para examinar.

– Tem que puxar devagar, assim – demonstrou a amiga de cabelos finos cor de leite como a pele. Ela era mais baixa que Helena; e os ossos do peito, saltados. Mesmo assim, não comia lanche no intervalo do colégio para não engordar. Fazia banho de creme com babosa no cabelo toda semana, além de aplicar uma máscara de farinha de arroz com leite no rosto para tirar as manchas, mesmo que não se vissem erupções em sua pele. Apesar de pálida, Fernanda tinha o olhar brilhante e misterioso de quem andava por lugares desconhecidos para Helena.

– É diferente do gosto da erva de chimarrão – Helena comentou depois do primeiro trago.

Fernanda riu até se engasgar.

O cigarro parecia não ter surtido efeito nenhum, até que de repente vieram à cabeça de Helena mil coisas que ela não podia dizer em voz alta e então ela explodiu em uma gargalhada que lembrava a das novenas. As duas riram ainda quando Helena comentou que seria muito bom a mãe dela fumar maconha, quem sabe assim ela desembucharia todas as coisas que estavam paradas no estômago e que não cessavam de forçar saída em arrotos.

Depois do riso, veio o silêncio, como os ciclos naturais e suas modulações na natureza. Helena percebeu que a imagem da parede era estável, os objetos continuavam pendurados e dependiam de uma ação humana para se movimentarem, diferentemente dos sons que tinham vida própria e se esparramavam pelo espaço. A buzina do carro, o pássaro, o grito que podia sair a qualquer momento.

Naquela mesma noite, o namorado de Fernanda pulou a janela do quarto dela, não seria bom ser visto entrando pela porta da frente. A mãe de Fernanda não sabia que ela tinha um namorado, tampouco Helena. Fernanda já dormia com alguém e Helena ainda não tinha dado seu primeiro beijo. Os três assistiram a *Lagoa azul* comendo bomba de chocolate e tomando cuba-livre. Era a vigésima vez que Helena assistia a esse filme. Era bom ver, agora sem a presença de adultos, Brooke e Christopher em uma ilha sozinhos e nus.

Helena estava dormindo no quarto dos pais de Fernanda quando sentiu uma língua lambuzando sua orelha como um cachorro ofegante babando. Quando acordou, o namorado da amiga estava ali diante dela com o zíper da calça aberto e o pau duro para fora. Helena abriu a boca, mas o grito saiu mudo. Isso ele entendeu, a expressão dela. Saiu de lá imediatamente deixando uma frase completa pairando no ar: "Isso fica entre a gente, tapada".

Ainda era sábado de madrugada e Helena teria que esperar até segunda de manhã para ter aula e voltar de ônibus para a vila. Enquanto a amiga dormia no outro quarto, ficou deitada olhando para o teto e escutando os sons da casa. A geladeira rangia na cozinha. O teto de madeira vez ou outra se fazia de vivo e estalava. Percebia os carros passando. Não era como na vila, onde os sons mais evidentes vinham das pessoas e dos animais.

Lembrou-se das férias em que um primo da mesma idade do irmão tinha vindo ficar na casa deles. Depois do almoço, Felipe a chamava para se deitar na calçada e ver faíscas do sol, como ele chamava, o *flare*. Helena se deitava e ele logo a arrastava para cima do colo dele, posicionando a bunda da menina em cima de sua genitália dura. Ela tentava sair, mas ele a segurava com os braços e a balançava de um lado para o outro.

– Olha, Helena, é um balanço, vem balançar comigo – ele dizia.

Logo o dia iria amanhecer. A iluminação dos faróis dos carros entrava pela janela e se refletia no teto. Fazia algumas horas que Helena continuava com o corpo e os olhos parados mirando esse mesmo ponto onde se refletia a luz. Começou a se lembrar do dia em que, aos sete anos, acordou com gritos e foi espiar atrás da cortina. Seu irmão mais velho, Mário, estava com o rosto sangrando, bêbado e procurando a espingarda para matar o amigo que tinha lhe tirado os dois dentes da frente. A mãe, tentando acalmá-lo, disse que ele só dava problema.

– Problema é o pai que tem amantes em toda a vizinhança, não é mãe?

Mário tentou correr até o banheiro para vomitar, mas acabou fazendo isso na cozinha diante da mãe. A mãe colocou as mãos no rosto. O pai, que entrava no ambiente, andou alguns passos para trás como se não tivesse escutado aquilo.

Depois de a irmã Maria casar grávida e se mudar para Rio Azul, Mário engravidou uma menina, Morgana, de dezesseis anos, e os pais decidiram que ele iria se casar e trazê-la para morar com eles. A mãe fez Helena e Priscilla trocarem de quarto com o irmão, porque o delas era melhor.

Nenhum irmão naquela casa tinha um quarto só para si. Mário dividia espaço com Márcio e Matheus, Helena dividia um quarto com Maria, antes de ela casar, e a irmã Priscilla. A casa só tinha três quartos, e agora Márcio e Matheus passariam a dormir no cômodo de alvenaria com beliche, uma espécie de quarto de refúgio misturado com despensa. Era lá que o rancho, as compras do mês, e outros cacarecos ficavam. Helena teve a mesma sensação de quando chegavam visitas em casa e a mãe fazia uma comida gostosa, mas que ela, por educação, tinha que se servir por último e comer o que restava.

Helena pegou as coisas dela e se mudou para o outro quarto, o mesmo que tinha a máquina de costura verde com flores marrons e um guarda-roupa pequeno cuja porta não fechava direito. O pior era o trinco da janela, que não travava. Não queria contar para os pais que tinha verdadeiro pavor de dormir em um lugar assim. Acordava às vezes à noite com a respiração ofegante como se alguém empurrasse seu corpo assustado mundo afora. Lembrava que a espingarda estava no quarto dos pais. Imaginava que alguém podia abrir a janela pelo lado de fora. Às vezes ouvia pessoas mexendo no trinco. Mais de uma vez escutou passos ao redor da casa e se escondeu embaixo das cobertas. Houve uma vez que escutou um ruído em cima do telhado e em seguida começou a ouvir vozes dentro de casa. O pai pegou a espingarda e abriu a janela. Quem estava em cima do telhado era Mário, que era sonâmbulo. Não era a primeira vez que ele fazia isso. Um dia ele foi andando três quilômetros até a casa de tia Lídia, quando ela ainda era casada com tio Hilário. O irmão voltou contando que viu no caminho o tio dentro de um carro beijando outra mulher. O pai disse que ele tinha sonhado e que se continuasse contando essa história as pessoas iriam acreditar que ele era mesmo um tongo.

Mário gostava de brigar e de fazer derrapagens com o carro, mas tinha medo de dentista e de médico. Helena era bem pequena quando ele a viu caminhando sozinha na estrada de terra da vila e, em vez de fazer o motorista da caminhonete em que estava parar, jogou-se para fora do carro, com medo de que a irmã fosse atropelada. Quando chegou em casa, os pais assistiam a um jogo de futebol na televisão, e Mário colocou a cabeça para dentro da sala, disse que iria ao campo de futebol.

– Por que você está tão pálido? – a mãe quis saber.

Antes de responder, ele desmaiou. A camiseta dele estava manchada de sangue e a barriga semiaberta, com um corte profundo. Os pais o levaram para o hospital. Ninguém nunca entendeu por que ele se jogou da caminhonete. Helena se perguntava que culpa era aquela que ele sentia para levá-lo a saltar de uma caminhonete em movimento para salvar a irmã. Ou Helena era só um pretexto para ele se jogar?

Já adultos e vivendo em cidades diferentes, Helena e Mário tinham pouco contato. Mas a mãe reclamava do fato de ele beber e sair com a caminhonete cruzando sinais vermelhos sem pensar.

– Ele está querendo se matar, mãe.

– Para de falar bobagens! Ele é seu irmão.

– Desculpa, mas é isso que ele faz, consciente ou não. Ele precisa de terapia.

– Terapia é pra gente louca.

Helena tentava desligar o telefone o mais rápido possível – sua filha era recém-nascida.

Quando Helena completou 33 anos, seu sobrinho, filho de Mário e Morgana, fez dezesseis. Agora, era ele quem pegava a caminhonete, bebia e ultrapassava os sinais vermelhos. Helena tentava processar aos poucos que lugar era aquele da vila e qual era a origem de algumas questões da família Culmann. Era possível tirar um pouco de água do lago com um balde ou até esvaziá-lo, mas era impossível separar as moléculas de água sem ter os aparatos de um laboratório de análise. As desgraças estavam prenunciadas desde sempre. Só não via quem não queria ou quem não podia mesmo ver, porque para o exercício de enxergar é preciso tirar muitas coisas da frente.

Quando Mário se casou e Morgana veio morar com eles, ela começou a desafiar a mãe de Helena mudando as coisas de lugar. Os móveis não estavam mais no teto, como imaginava Helena quando criança. Em vez de pronunciar qualquer palavra, o corpo da mãe se comunicava de outra forma, ficava doente.

Desde pequena Helena via a mãe ir e voltar do hospital. Uma hora eram as pernas que travavam, outra hora, o rim que deixava de funcionar, ou a bexiga, o coração. Dessa vez era uma pedra na vesícula e, por mais triste que fosse, Helena se encantou com a possibilidade de uma pedra se formar dentro de uma pessoa. Já tinha a prova de que um broto de feijão podia crescer em um nariz. Imaginou uma pessoa composta de pedras, galhos e carne humana.

Houve uma vez que a mãe de Helena estava "mais pra lá do que pra cá", como se dizia na vila. A irmã Maria a chamou em um canto e disse:

– Fique com a mãe e se faça de forte.

Helena foi até o hospital e viu a mãe deitada na cama. Pela primeira vez conseguiu ver as veias da jugular da mãe. Pelo menos não tinha nenhuma faixa na cabeça como o pai de Nuno, pensava. Em uma cadeira estavam as roupas da mãe, que Helena começou a arrumar para ficar de costas para ela.

– Que você tem? Está chorando, Helena? – disse a mãe.
– Não, é gripe.
– Vem cá me dar um abraço, eu não vou morrer, não ainda.

Morgana virou amiga de Helena e Maritza e adorava falar sobre rapazes. Fazia demonstrações com a própria mão, botava a língua para fora e mostrava como era um verdadeiro beijo de língua. Dizia que gostava mesmo era de inclinar a cabeça para trás para ser beijada no pescoço e ser chupada nos peitos, de preferência por dois homens ao mesmo tempo.

O sofá em que Helena se esfregava quando pequena virou o lugar para se sentar com seu primeiro namorado, que se chamava Bento. Era primo de Maritza e tinha um caiaque que ele trazia para navegarem no lago das carpas ao lado da casa dela. Foi no sofá também que ele tentou pela primeira vez erguer um pouco a blusa dela e apalpar os seios, a famosa mão boba. Ela não deixou e ele seguiu tentando. Além dos caiaques, descobriu que Bento também tinha uma arma, quando voltavam de um baile e pararam diante da placa da Nova Vila dos Hoffmann. Ele atirou primeiro e depois foram os três irmãos homens de Helena, que sempre estavam juntos. Bento ofereceu o revólver para Helena fazer o mesmo, mas ela recusou. Passou-lhe pela cabeça pegar a arma e mirá-la em Bento.

Quando Helena estava prestes a completar quinze anos, seus pais decidiram se mudar para a cidade de Rio Azul. Mário ficou morando sozinho com Morgana na casa.

Logo depois, Heloísa também se mudou com a filha, Maritza. Anos mais tarde, quando Helena foi visitar a mãe, a professora a convidou para ir à casa dela comer bolinhos de soja, iguais aos que comia na escola da vila. Quando Helena estava morando na Espanha, a mãe lhe contou que Heloísa havia falecido. A mãe encerrou a ligação com "morreu cedo".

Antes de desaparecer da vista de todos, Heloísa em segredo namorava uma mulher e continuava trabalhando como professora do colegial. Havia feito mestrado e se preparava para o doutorado. Tinha cinquenta anos. Contaram que ela estava em uma reunião, sentada, na sala dos professores, e de repente deu uma gargalhada seguida de um grito dilacerante, a pele dela escureceu e ela se foi para todo o sempre. Ataque do coração. Helena se lembrava de seus brincos compridos, em forma de chuvisco, e também de sua pele macia, do joanete no chinelo de dedo, do sorriso que mostrava os dentes da frente separados e de quando ela lhe deu o livro *Marcelo, marmelo, martelo*.

– Esse é especialmente pra você.

A casa de infância de Helena foi comprada e a parte que era de madeira foi demolida para virar outra casa. Ninguém nunca foi morar lá. Até hoje existe uma carcaça de casa preservando o único cômodo de alvenaria, o quarto de refúgio, que era usado pela mãe para eles dormirem lá com a espingarda embaixo da cama quando o pai não estava. O lago de carpas virou um pântano. A pequena camélia ao lado da casa virou uma árvore grande e invadiu a construção, assim como o mato, as aranhas e as cobras, que agora podem viver inclusive dentro da casa, ou naquela ideia de casa. Permanecem ainda o muro e a grade enferrujada do portão, que podem ser vistos entre as árvores da rua em um plano mais afastado.

IV.

Quando se mudou para Rio Azul, um lugar com mais evidências de casas e pessoas e com outras sonoridades, percebeu em si a cara abobalhada de quem está com o corpo diante de um novo espaço que palpita. Mesmo sendo uma cidade de cinco mil habitantes, não havia apenas uma rua principal, mas muitas interseções para andar. Correu até a prefeitura para averiguar os cursos ofertados. Descobriu que para as meninas havia bordado e pintura em pano de prato. Bordou um travesseiro em ponto-cruz para cada sobrinho que nascia e pintou uma cortina com rosas vermelhas para a mãe.

Existia também o clube dos escoteiros que Helena entendeu que servia para aprender a se virar em um mundo selvagem. E isso ela julgava saber bem. Com sua bicicleta Rebeca, fazia manobras em cima de terrenos acidentados. Andava com os irmãos de carrinho de rolimã sem freio no morro atrás de casa. Já tinha acumulado cicatrizes nos dedos, na testa e nas pernas, visto pessoas sem dente e com a cara ensanguentada, enterrado metade dos idosos da vila. Lavado calçadas, sapatos barrentos e banheiros com azulejos cheios de meleca. Quebrado uma vassoura para não lavar calçada e outra na cabeça do irmão. Tinha tido contato com búfalos, cobras, capivaras, pacas, porcos-do-mato, veados campeiros, carpas laranja, sapos e outros bichos. Ninguém precisava saber que alguns animais a assustavam.

Decidiu conversar com a mãe, era ela que se encarregava do assunto dos filhos, embora decidisse poucas coisas. A mãe era uma espécie de atravessadora do mercado ilegal de ações;

ela não decidia, mas poderia muito bem influenciar o comprador, no caso o pai.

– Não.

Helena ficou surpresa porque geralmente a mãe ponderava, mas recebeu de cara um categórico não.

– Por que não?

– Porque menina não acampa.

– Mas por que menina não acampa?

– Porque as coisas são assim. Tem coisas que você não sabe ainda.

– O que eu não sei?

– Você não tem idade para saber.

Depois da surra de cinto que tinha levado, ela argumentava com certa parcimônia. Já sabia àquela altura que não era Cristo para ser açoitado, morrer e ressuscitar, que era feita de carne e osso e também de muito líquido. Descobriu nas aulas de ciência que setenta por cento do seu corpo era água. Ficava se perguntando se a água do seu corpo se renovava com frequência ou se também havia algumas águas velhas e paradas como no lago de carpas barrento.

A mãe lhe contou que uma vez, quando Helena ainda era muito pequena, trocaram dois litros da água do corpo da menina. Aos oito meses, ela comeu uma banana amassada com leite e passou mal. Com a congestão, descobriu no hospital que estava com uma anemia profunda e precisava fazer uma transfusão de sangue. Soube depois que o doador foi um militar. A mãe falava que havia males que vinham para o bem. A menina não sabia muito sobre essas coisas, mas se lembrou de que um tapa a tinha levado a passar um fim de semana na casa da amiga Fernanda e que uma congestão salvara sua vida.

Nas aulas de história descobriu o Velho Continente, uma vez que na vila tinha ouvido falar apenas vagamente de outros países. Sabia da existência dos navios, dos aviões, das grandes estradas, das pontes de arco. Escutou que o Brasil era um país novo com a maior floresta tropical do mundo. Nas aulas de geografia descobriu Renata, a professora que morou na França e conheceu uma torre de 324 metros com vista para a cidade. *Marcelo, marmelo, martelo* foi pouco a pouco dando lugar a outros personagens de carne e osso, uns haviam cruzado a linha do município, outros até saíram do país. Podia ir novamente a pé para a escola. Ia afoita para aprender e voltava do mesmo jeito.

– Não, nunca pensei em sair da cidade – dizia a mãe. – Já chega ter me mudado da velha Vila dos Hoffmann.

– Mas os nossos antepassados não vieram da Alemanha, mãe?

– Dizem que sim, vai saber.

– Mas a Hilde falava alemão, ela não veio da Alemanha?

Ela se referia à bisavó que sempre viu de longe varrendo o pátio, era uma espécie de monstro guardado na garagem que tinha apenas contato com adultos. As crianças não se aproximavam dela.

– Não sei, o Hilário queimou os documentos – a mãe contou.

– Meu Deus! Por que ele fez isso?

– Não coloca Deus nisso – gritava a mãe.

Com quinze anos, Helena nunca tinha cruzado a fronteira do município. Pensava em viajar pelo Brasil e pelo mundo, mas a mãe dizia que isso era coisa de quem não tinha nada na cabeça, não fazia sentido ficar longe da família, que ela precisava estudar, casar e construir a própria linhagem. E o mais importante, a mãe enfatizava, era ter alguém com quem passar a velhice.

– Mas qualquer pessoa, mãe? Uma pessoa má, por exemplo?

– Ah, Helena, não complica as coisas.

Sempre que Helena pedia para ir a algum lugar, a mãe dizia que não podia porque não tinham dinheiro, afinal quatro filhos ainda estavam em casa, só Maria e Mário que tinham casado. Helena começou a economizar dinheiro da merenda, mas era pouco. Pensava como poderia ganhar o próprio salário. Observando, percebeu que algumas meninas vendiam maquiagem. A imitação é um gesto primário. Era comum os homens copiarem outros homens, assim como o sobrinho dela passaria a repetir a mímica suicida do pai. As meninas e as mulheres também parodiavam todo um arcabouço de atitudes antigas. Algumas, é verdade, como Rafa, a professora Heloísa, Nica e tia Lídia, não tinham talento para imitação, mas mesmo assim o corpo delas estava à mercê de olhos punitivos.

Helena desenvolveu dentro de si o instinto do passo – fazer primeiro e pensar durante o caminho. Às vezes imitava, às vezes tentava criar algo em cima da representação. Ficou poucos meses vendendo produtos de beleza até que descobriu que vender calcinhas era mais lucrativo. Começou adquirindo um mostruário de um vendedor e logo entendeu que poderia ganhar mais se ela mesma comprasse as calcinhas direto da fábrica em outro estado. O pai emprestou um talão de cheques para ela comprar as calcinhas. Com quinze anos, Helena estudava, treinava voleibol e formou um time de dez vendedoras de calcinhas. Assim poderia pagar sua faculdade e depois se mudar do país.

Uma vez por mês, viajava sozinha a Santa Catarina para comprar as calcinhas e depois as distribuía para as vendedoras. Com isso começou a ganhar algum dinheiro e decidir às vezes o que comer, que roupa usar e alguns lugares onde andar. Descobriu que para conhecer outros lugares mais distantes era preciso aprender outra língua.

Depois de um mês, os cronogramas das aulas de inglês mudaram de repente, e para continuar estudando precisava que seus treinos de voleibol mudassem também.

– Já conversei com as outras meninas e se você puder fazer as aulas de vôlei no outro dia, me ajudaria muito – disse ao treinador.

– Pra que fazer inglês se você nunca vai sair de Rio Azul?

Helena parou de estudar o idioma, mas continuou com o vôlei, porque dava a ela o que queria naquele momento – conhecer outras cidades em campeonatos. Depois de ter namorado Bento por alguns meses e o ter dispensado, experimentou ficar com outros meninos. Conheceu um chamado Coin. Traduziu e descobriu que o significado era moeda. Era melhor continuar chamando-o de Coin sem tradução mesmo. Ele tinha doze anos, três a menos que ela, era mais alto e tinha lábios carnudos o suficiente para abocanharem sua boca. Sempre que podia, ela o beijava, era uma boa maneira de praticar.

De menina falante e com muitos amigos, Helena passou a ser mais calada. Seu rosto afundava cada vez mais nos cadernos e nos lábios dos meninos, quando era possível se esconder para beijá-los nas salas de catequese, nos galpões abandonados, no coreto da praça ao entardecer e em outros espaços da cidade que pouco a pouco ia conhecendo. Continuava saindo com Fernanda, mas não passou por sua cabeça contar o que havia acontecido com o namorado dela, naquela noite na casa sem os pais.

Um dia a amiga disse que precisava conversar. Na praça contou que tinha deixado o namorado. Helena ficou feliz até saber a razão da troca. Fernanda substituiu o antigo namorado por Márcio, irmão de Helena. Era estranho ter uma melhor amiga namorando seu irmão e imaginar que os dois podiam fazer tic-tac. Passaram a se falar cada vez menos.

Embora recebesse cartas apaixonadas na escola e alguns pedidos de namoro, não se fixava em ninguém e evitava ao máximo um compromisso – podia atrapalhar seus planos. Isso, até conhecer Miguel, um jovem descendente de família italiana com três anos a mais que ela, cabelos ondulados pretos que caíam em cima da cara cheia de espinhas. Ele morava em Curitiba e estava de férias na casa de um primo. A primeira vez que se viram foi em frente ao ginásio em um campeonato de vôlei. Ele a parou antes que ela o tivesse notado.

– Oi. Quer dar uma volta comigo? – Miguel perguntou.
– Não.

Helena saiu andando e olhando para trás sem se deixar notar para entender o que havia acontecido. Como alguém a parava assim na rua desse jeito? "Que maluco."

À noite, no baile dançante de encerramento do campeonato, Helena foi acompanhada do irmão Márcio e de Fernanda, pois não tinha permissão para ir sozinha. Colocou um macacão jeans, touca preta na cabeça, seu tênis M 2000, e já na porta do baile viu que Miguel conversava com Betina, que era uma espécie de Rafa, intimidava as pessoas pelas suas falas e ações, não se importava com o que outros pensavam. Helena não havia cogitado ficar com Miguel até vê-lo paquerar aquela menina. Foi conversar com ele e, em pouco tempo, desviou o foco do garoto para si. Saíram para conversar lá fora, Márcio estava ocupado demais para ficar cuidando da vida dela.

Ele voltou para Curitiba e continuaram as conversas pelo telefone do vizinho, que a chamava no muro dizendo que o namoradinho estava ligando. Passados alguns meses, ele voltou a Rio Azul e a pediu em namoro. Havia algo em Miguel que tanto a atraía quanto a repelia, um ímã que é difícil evitar. Mais de uma vez, a mãe os ouviu gritando, se insultando no portão, mas fazia vista grossa justamente por ele ser de uma família de pessoas respeitadas. Mais do que isso, a mãe cresceu com homens gritando com mulheres. Era assim com o pai dela, era assim com o marido. Quando Helena tentava conversar alguma coisa, ela dizia que os homens são assim.

As brigas com Miguel eram sobre situações reais e hipotéticas. Houve um dia em que ele, do nada, perguntou o que ela faria se ganhasse na loteria.

– Ajudaria minha família, os amigos, construiria casas para algumas pessoas pobres e ficaria com algum dinheiro para mim.

– Mentirosa, por que está falando isso?
– Porque é verdade.

Helena tomava um susto às vezes, depois parava para pensar, mas na hora nem tinha resposta.

– Você não faria isso.
– O que você faria então?
– As pessoas ficam com o dinheiro para elas – ele respondeu.

Quando Miguel não vinha de Curitiba, Helena sentia falta dele, mas quando ele aparecia sentia vontade de ficar sozinha com os amigos porque bastava ser controlada pelos pais. Miguel dizia que meninas precisavam usar roupas delicadas e recusar bebidas alcoólicas. Na frente do namorado, passou a beber Coca-Cola. Ele reclamou então que era refrigerante e ela era uma atleta, precisava tomar suco feito da fruta. Foi isso que Helena começou a fazer depois de alguns anos de casada, estava sempre com um copo de suco de laranja acrescido de vodca.

Era comum já nessa época ele exagerar no tom de voz e compensar depois. Uma vez ele a mandou tomar no cu e Helena achava que nunca mais iria vê-lo, quando chegou em casa e deparou com uma cama forrada de coisas. Um buquê de rosas vermelhas com cartão escrito "eu te amo, bebezinha". Uma blusa preta com golinha branca. Uma bola de vôlei. Uma bermuda de brim bege. Um chinelo Rider. Uma sandália de salto com tiras verde-água. Uma calça jeans Levi's. Uma camiseta da banda de que ele gostava, Pearl Jam.

Helena tentava escrever no seu diário vermelho de camurça para ordenar os fatos e ler e se entender, mas era uma escrita tão labiríntica e cheia de lamúrias que até ela mesma se perdia. Ela tinha dezesseis anos, acabava de sair da vila rural e estava radiante pelas coisas que descobria no colégio. Embora discordasse muitas vezes da família, ainda era essa esfera que ordenava o mundo para ela.

A mãe não a deixava acampar no mato com os escoteiros, mas participar das competições de vôlei em outras cidades era permitido, porque sempre uma das mães das meninas ia junto. Os estudantes saíam em carreata de Rio Azul. O ônibus com as jogadoras saía na frente, seguido por um caminhão que era enviado pela prefeitura com os colchões e os mantimentos. Os pais doavam feijão, arroz e ovos, e a escola entrava com pacotes de macarrão, latas de molho de tomate, pães e leite Ninho. Quando chegavam aos alojamentos, arredavam as carteiras escolares e colocavam os colchões nas salas, ajeitando as camas improvisadas uma ao lado da outra. Quando não estavam treinando nem jogando, havia um pátio inteiro de um colégio em algazarra. A mãe que foi junto não dava conta de saber onde estavam as dez meninas.

Durante o dia aconteciam os jogos. Adorava ver as meninas indo para o fundo da quadra do ginásio para se aquecerem. Cada uma com seu uniforme, joelheira e meião até o joelho jogando ao mesmo tempo a bola em direção ao chão para ela bater e ir até o teto. Os sons das bolas quicando juntas faziam eco com os gritos dos meninos que estavam no ginásio para assistir. Um dia, um menino cismou que Helena era parecida com Sharon Stone. Foi beijá-lo na saída, mas ele beijava sem língua, ela não gostou.

Embora namorasse Miguel, não controlava a vontade de ficar com outros meninos. Quando isso acontecia, ela voltava e contava.

– Promete que você não vai mais fazer isso? – ele perguntava.
– Prometo. Claro. Nunca mais vou ficar com ninguém.

Mas sempre acontecia de novo. Houve uma vez que Helena e Miguel furaram os dedos e com o sangue juraram que nunca se largariam na vida. Ela ficava pensando se era isso que a prendia a Miguel. Tentava agora colocar o nome do marido no congelador, uma simpatia que leu na internet, para quebrar de vez a relação.

Foi em uma dessas viagens para um campeonato que Helena deu um soco na cara de uma das meninas de seu time. A mãe que acompanhava o grupo tinha ido dormir, e elas foram para o pátio tomar cerveja, escondidas. A menina tinha o apelido de Chave de Cadeia, porque o pai dela trabalhava na delegacia. Chave pediu a elas que entrassem, senão contaria ao treinador. Helena se levantou, queria apenas conversar com a menina e pedir a ela que não fizesse isso, mas no mesmo impulso em que deu uma vassourada na cabeça do irmão deu um soco no nariz da menina, que começou a sangrar na mesma hora. Agora temia ser expulsa do time e apanhar da mãe quando voltasse. As amigas se encarregaram de conversar com Chave – ela deveria ficar quieta e não contar ao treinador, senão apanharia mais. Helena ligou para a mãe chorando para adiantar o que tinha acontecido. Era melhor contar antes de chegar em casa, para que a raiva tivesse tempo de ser dissipada. Seria muito ruim apanhar de cinto de novo.

A mãe não disse nada quando ela chegou em casa, devia estar ocupada com problemas maiores. Mas ainda assim havia o medo do pai de Chave, que trabalhava na delegacia. Ele a prenderia? Havia esse rumor entre as meninas do time, de que o pai de Chave prenderia Helena. Como era ficar em uma cela de poucos metros com outros presidiários? Imaginou que, se Nuno tivesse mesmo capado o menino, eles seriam colegas na prisão. Não seria tão ruim dividir uma cela com Nuno, ele era um bom amigo.

Não havia cela com mulheres na cidade, e a cadeia abrigava poucos detentos, em sua maioria transferidos de outros lugares. O pai a chamava constantemente para lhe mostrar na televisão os negros encarcerados e dizer o quanto não prestavam, por isso estavam lá.

– Mas você gosta do Pelé. Ele é negro.

Embora o pai fosse uma pessoa silenciosa e não estivesse sempre em casa, ela sabia que podia dizer isso, que ele não teria coragem de bater nela diretamente. Se precisasse, mandaria a mãe bater. Mas essa era só uma das respostas que gostaria de lhe dar, tinha vontade de gritar que, desde que viu o irmão com a cara ensanguentada falando para a mãe que o pai tinha amantes, desejou com toda a força que eles se separassem e ele desaparecesse para sempre.

Os crimes que aconteciam em Rio Azul até então não eram de uma violência aparente. Eram mais invisíveis, como os fantasmas que não se mostram totalmente, mas estão em algum canto, esperando para dar um susto ou uma apunhalada nas costas de algum desavisado.

O ensino médio chegara ao fim e Helena tinha convencido a mãe de que precisava morar em Curitiba para fazer faculdade. Como Miguel morava lá e, na cabeça deles, era certo que se casariam, providenciaram a emancipação dela. Jussara, uma amiga do vôlei, também iria e poderiam dividir um apartamento. No dia em que chegaram do cartório, o irmão Márcio tinha uma novidade: engravidara Fernanda.

– Vê se pelo menos você faz diferente, Helena.
– Eu!? Não quero nem casar.
– Não exagera. Só estou dizendo para você se precaver, porque se você ficar grávida, vai ter que parar de estudar e sua vida vai acabar.

Ela esperava que a mãe mantivesse as vendedoras de calcinha e enviasse o dinheiro para ela, mas a mãe disse que ia parar, que se ela queria estudar teria que se virar dali para a frente.

Helena foi jogar vôlei com as amigas para se despedir, ainda pensando como se sustentaria com dezessete anos. Depois de quinze minutos de jogo, foi ao chão para pegar uma bola e não se levantou mais. A perna esquerda não dobrava, parecia que o joelho tinha levado uma martelada.

Naquela semana, ainda com fisgadas no joelho ocasionadas por uma lesão no menisco, chegou a Curitiba. Parou para ver as avenidas com quatro pistas entupidas de carro de modelos que ela nunca tinha visto. As casas brancas portuguesas do Largo da Ordem. Os prédios modernos envidraçados na avenida Batel que a faziam quase chorar quando ela olhava para cima e se dava conta da altura deles. Os parques, os teatros, os shoppings, os cinemas. Helena olhava para o calçadão e perdia de vista o número de pessoas, sentia-se uma formiga afundando na areia no meio de camelos já acostumados com o deserto. Um sentimento pairava no ar – parecia que jamais conseguiria dar conta do que tinha perdido.

Foi ao cinema pela primeira vez e assistiu ao filme brasileiro *Guerra de Canudos*. Em uma tela grande, não conseguiu parar de prestar atenção no ponto onde uma imagem se desgrudava da outra, o corte. Em uma casa com oito pessoas e uma televisão pequena, era difícil notar os detalhes. Será que sua vida tinha cortes?

Agora, aos 33 anos, pensava que um diretor de cinema devia ter interrompido a gravação de sua vida depois que ela voltou da Espanha com "corta, vamos começar outra vez".

V.

O corredor para chegar até o apartamento que Helena alugou com Jussara era comprido e escuro. Ela foi ver um parecido mais tarde, quando assistiu ao filme *O iluminado*. O aluguel já incluía uma pia e um fogão velho, e o irmão de Jussara doou uma geladeira cuja porta era fechada por uma corda, que a transpassava completamente. Para guardar as roupas, fizeram prateleiras de tábuas sustentadas por tijolos.

Com o dinheiro que tinha guardado ainda da venda das calcinhas, ela poderia comprar alguns objetos faltantes e sobreviver uns três meses. Comprou para o quarto uma cortina estampada de flores amarelas com franja e um edredom com patinhas de cachorro. Estendeu a coberta na cama e foi olhar pela janela que tinha vista para uma praça ao lado do shopping Mueller. Estava morando em uma casa alta de vinte andares pela primeira vez. Lá embaixo viu um painel em alto-relevo e duas grandes estátuas com mais de cinco metros cada. Uma mulher de concreto sentada com os peitos à mostra e um homem forte que estava em pé também com a genitália sutilmente exposta. Não sabia por que chamavam o lugar de praça do homem nu se havia um casal de pedra.

Para permanecer em Curitiba necessitava arranjar um trabalho urgente, senão teria de voltar a Rio Azul. As amigas se deram conta de que precisavam ter um papel chamado currículo e descobriram que não tinham experiência nenhuma para colocar nele. Helena estava com vergonha de dizer que sabia vender calcinhas. Será que ter participado de mais de vinte velórios quando era criança poderia contar como experiência? A ironia sempre lhe aparecia em forma de pensamento.

Num dos escritórios que visitaram para pedir emprego, um senhor as chamou para uma conversa em particular na sala dele. Parecia ter emagrecido bastante, já que as mangas do paletó estavam grandes para aqueles braços. O homem perguntou que curso pretendiam fazer. Jussara, mesmo não sabendo, disse que queria cursar direito e conseguiu a vaga de secretária. Estavam num escritório de advocacia. Helena disse que "talvez arquitetura, sei lá". Perdeu a vaga e só depois foi entender que não precisava ter falado a verdade, deveria ter imitado a Jussara.

Não fez vestibular para uma universidade pública por julgar que seu conhecimento era inferior, mesmo tirando as notas mais altas no colégio. Conseguiu uma vaga em uma universidade particular no curso de relações internacionais.

Uma prima indicou Helena para substituir uma secretária que estava prestes a sair de licença-maternidade. Trabalhava o dia todo no escritório de construção civil e frequentava a faculdade à noite. Levantava às cinco da manhã para estudar. O escritório ficava a doze quadras do prédio dela, na Marechal Deodoro. Para encurtar caminho, às sete da manhã, pegava uma rua que cortava o centro. Nesse mesmo lugar à noite, várias mulheres colocavam seu corpo à mercê de homens que passavam de carro ou mesmo a pé, andando rápido para não serem reconhecidos. Era lá que em alguns dias eram encontrados nas calçadas corpos de mulheres que eram dadas pela polícia apenas como "mortas". Pela manhã tudo estava mais silencioso, havia apenas o vestígio da sujeira que Helena constatava ao passar já com a pasta da faculdade a tiracolo, não tinha tempo de voltar para casa.

Uma vez, mesmo andando depressa, Helena viu um homem com pés descalços, de shorts e camiseta alguns metros à frente do outro lado da calçada. Tentou voltar, mas ele correu atrás dela, encostou uma faca em sua barriga e lhe tomou todo o dinheiro da carteira.

O chefe substituiu na mesma hora a nota que havia sido roubada.

– Para você não parar de vir trabalhar – disse.

O que ele não sabia é que Helena andava por aquela rua mais cedo justamente para deixar o café pronto antes de ele entrar no escritório. A cozinha ficava atrás da mesa dela de secretária. Se chegasse mais tarde, o chefe ficava sentado olhando ela passar o café como um cachorro à espera da comida.

Helena tinha medo de engravidar e interromper todos os planos. Não sabia nada sobre sexualidade e orgasmo, a não ser os paus entrando em bocetas que tinha visto nas revistas pornográficas dos irmãos no picador de lenha. Combinou com Miguel que tomaria anticoncepcional e no período considerado seguro iriam a um motel.

No dia, Miguel tentou mais de uma vez colocar o pau dentro da boceta dela, só que não havia espaço possível para isso. Os dois acreditavam que era só ter vontade, encaixar uma peça na outra, e teriam orgasmos em um passe de mágica, como nas revistas. Após algumas tentativas, ele pediu a Helena que ficasse na frente dele sentada e abrisse os pequenos lábios para que pudesse vê-la. Começou a se masturbar e, quando estava perto, moveu o pau em direção à barriga dela para despejar o esperma. Helena franziu a testa, olhou para baixo e correu para o lavatório. Veio a lembrança de um cheiro que sentia no banheiro da casa dos pais e agora se dava conta do que era. Algumas vezes, quando lavava o rosto com Palmolive pela manhã, sentia um odor diferente no sabonete.

– Está tudo bem? – perguntou Miguel.

– Está sim, estou só me limpando, já vou sair.

Era o segundo pau duro que via e não foi nada parecido com quando viu seus amigos fazendo tic-tac, nem com a sua prima embaixo das cobertas. O sentimento era o mesmo de quando a mãe não a chamava para jantar com as visitas e tinha que comer as sobras.

Sua mãe passou as informações que tinha recebido – dizia que a escolha de quando fazer sexo era de Helena, mas que ela precisava se cuidar para não engravidar e não acabar como ela e a irmã, que casaram grávidas. O único homem com que a mãe transou foi o pai de Helena, mas ela não foi a única mulher com quem ele transou, nem mesmo depois do casamento. A irmã Maria também havia casado grávida e permanecia casada com o primeiro marido.

A mãe lhe contava que, quando foi transar pela primeira vez, não sabia nem que o pau ficava duro. Helena se dava conta agora de que naquela época sabia apenas que o pau ficava duro. "Que vantagem", pensava. Não havia informações na internet, muito menos uma abertura com outras mulheres para conversar sobre si, sobre sexo, sobre as relações. Miguel pedia a ela que chupasse o pau dele, mas, quando ela queria o mesmo, ele respondia que não dava, a vagina dela era fedida. Tinha a impressão de que as coisas não eram assim, mas essa frase ainda estava parada, como as águas velhas do lago ao lado de sua casa de infância.

Em muitas noites de sexta-feira, quando colegas a chamavam para sair, Helena ficava em casa com Jussara, cozinhando, faxinando e tomando chá de camomila, lembrando-se da época do vôlei como se fosse um passado distante, como uma criança que ainda se lembra da infância. Tinha três calças, três camisas e dois pares de sapato. Dois deles eram conjuntos com calça e paletó que pensava usar quando trabalhasse em uma organização internacional. Pensava que poderia encarregar-se de um consulado, uma multinacional, ONGs ou, quem sabe, ser diplomata. Sentia orgulho de ser uma das primeiras mulheres da família a fazer uma graduação.

Ela não frequentava as festas da turma por falta de dinheiro e também porque usava o tempo livre para estudar. Os fins de semana, passava com Miguel na casa dos pais dele. Os motivos das brigas agora eram diferentes.

Só no terceiro ano é que decidiu ir a um churrasco com Miguel. Bebeu algumas latas de cerveja, contou piada, riu e os outros estudantes olharam diferente para Helena, como se ela fosse apenas uma versão de si mesma. O namorado dizia que ela ficava diferente quando bebia.

– Diferente como? Como você acha que eu fico?

– Fica insuportável, dizendo o que pensa – explicava o namorado.

– Não acredito que você é assim, festeira. Vejo você sempre enfiada nos livros – disse uma colega.

– Sou profissional. Se é para fazer festa, faço festa; se é para trabalhar, trabalho – Helena respondia embriagada com um sorriso no rosto.

Na festa disse que podia parecer tranquila, quieta, mas que na verdade tinha um leão dentro de si. Foi Miguel quem a lembrou disso no dia seguinte. Ela não gostava de beber porque depois da festa se sentia culpada por não se lembrar do que tinha dito. A mãe repetia que um tio já havia morrido de alcoolismo e que os filhos dela jamais poderiam começar a beber, nem de brincadeira. Lembrava também da Nice da vila que morreu de cirrose.

A segunda vez que tentou ser profissional em um evento da faculdade foi em uma festa à fantasia. Como não tinha dinheiro para comprar roupa, pegou uma de Papai Noel emprestada da família de Miguel. Quando chegou à festa, sentiu vergonha e começou a beber. Uma hora depois, a mãe telefonou no celular. Durante a ligação pronunciava o nome dela repetidas vezes chorando, não conseguia falar direito. A ligação cortava as palavras e caiu de repente. Helena ligou em seguida, já pensando quem teria morrido.

– Mãe, devagar, fala devagar.

Helena descobriu que a irmã Priscilla, a caçula, tinha fugido de casa rumo a São Paulo. Helena teria que ir até a rodoviária de Curitiba para interceptá-la, e não havia tempo de passar em casa para tirar a fantasia.

Quando o ônibus entrou na rodoviária, antes de as pessoas descerem, Helena conversou com o motorista pela janela, explicou o ocorrido, disse que a irmã era menor de idade e nem deveria estar naquele ônibus. Com a permissão do motorista, entrou no ônibus vestida de Papai Noel para dizer à irmã caçula:

– Você é uma palhaça. Desce já daí, peste.

Levou a irmã para a casa de Miguel, trancou-a no quarto e disse que iria levá-la de volta à casa dos pais. Para a mãe, ainda nessa época, Helena era uma menina boa que inclusive resgatou a irmã e a devolveu à casa da família.

Na faculdade, Helena se juntou a dois jovens, Well e James, uma espécie de Nuno e Maritza da Nova Vila dos Hoffmann, com a diferença de que eles eram gays e ela não sabia. Helena achava que ser gay não era uma coisa de Deus, era uma doença, porque assim aprendeu com a mãe, que gostava de ver os shows de Elton John na televisão, mas sempre acrescentava: "pena que ele é gay". Quando Helena percebeu, teve a oportunidade de rever as frases determinadas por conceitos embrutecidos. Descobriu no mesmo dia em que os três voltavam do intervalo e deram de cara com o quadro pichado: "morte aos veados Well e James". Helena foi com eles à direção e instauraram uma sindicância.

Desde cedo ela colecionou amizades com as professoras e não seria diferente na faculdade. Primeiro foi Heloísa, depois a professora Renata, de geografia, e a professora de literatura, Eleonora, de Rio Azul. Agora, Helena, James e Well se tornariam amigos da professora Jane, que ensinava filosofia. Helena ganhou de presente o livro *O mal-estar na civilização*, de Sigmund Freud, com a seguinte dedicatória: "Este livro merece ser lido por pessoas que, como você, buscam ter uma mente descomprometida com o retrocesso e com o retrógrado. Abraço, Jane".

Já no último ano da faculdade, Jane os arrastava para um bar na Saldanha Marinho chamado Kapele, onde a dona é que servia as bebidas no balcão. Helena foi junto uma vez, mas não contou ao namorado.

Miguel sempre que podia buscava Helena na faculdade. Mesmo morando em um bairro distante, ele sabia que a namorada trabalhava o dia todo e às onze da noite estava cansada para pegar o ônibus. Um dia, ele a encontrou a caminho do ponto acompanhada de James e Well, que moravam no centro também. Miguel se recusou a dar carona a eles porque não queria veados no carro dele.

– Se o James e o Well não podem ir com a gente, também não vou.

O namorado voltou para casa sozinho e Helena pegou o ônibus com os amigos. Ela conseguia defender os outros, mas não a si mesma. Quando alguém falava em um tom de voz um pouco mais alto, ela sentia vontade de chorar e era acometida por uma dor de garganta.

Na infância, tentou dizer algumas vezes o que sentia, mas os pais dividiam as inquietações em duas categorias: reclamações sem sentido e brigas desnecessárias. Não havia diálogo que pudesse esclarecer as coisas. À primeira vista podia parecer um jeito fácil de resolver os problemas, empurrando a questão para debaixo do tapete, não discutir, mas com certeza essa era uma forma de não superar os entraves e deixar as pessoas com um nó na garganta até quase explodirem, como acontecia com o irmão Mário, que parecia prestes a estourar dentro de um veículo a qualquer momento.

Quando morava em Rio Azul, Helena foi ao açougue e, ao desembrulharem o pacote em casa, junto com a carne havia uma gaze de curativo envolta em sangue.

– Que porcos! Vou lá devolver, mãe.

– Reclamar? Imagina. Jogo isso no lixo – disse a mãe. – Pronto, está resolvido.

Fritando um bife de alcatra para Alice e Miguel, Helena se lembrava da mãe diante do fogão. Pai e filha montavam um carro Lego em cima da mesa enquanto ela terminava de preparar o jantar. Estava com muita vontade de comer uma *tortilla de papas*. Se fechasse os olhos por um instante, poderia estar com Joaquín cheirando cocaína na casa de praia à beira-mar, na Espanha. Às vezes se imaginava pegando um avião e indo encontrar o colombiano Pablo.

Do lado do fogão, um prato já com alguns bifes prontos e a faca afiada para cortar a carne. "Não, mãe. Nada está resolvido", ela respondia em seus pensamentos enquanto virava a carne que também pingava sangue.

Simulação 2

I.

Entre duzentos candidatos, Helena foi a única a ser selecionada para trabalhar em uma organização internacional que monitorava o tratamento que a mídia dava às crianças. Nenhuma delas merecia ser chamada de "pivete", "meliante", "trombadinha". Foi passar uma semana em Brasília para o treinamento no escritório central, e uma das frases que ouviria – mas que não aprenderia nesse momento – era que nenhuma revolução se faz sem mudanças de palavras.

Era a primeira vez que Helena andava de avião e via as cidades do alto. A chuva não era mais o mijo dos anjos que saía das nuvens. Podia vê-las de perto, dissipando-se com o vento. Durante a turbulência segurou na mão de Miriam, a chefe. Helena pediu que lhe dissesse em voz alta que aqueles solavancos passariam e ela não morreria justo agora que tinha se formado e arranjado um bom emprego.

Depois de morar em lugares onde o mofo era uma companhia constante, podia enfim alugar um apartamento bem iluminado e que, mais do que isso, tinha uma sacada virada para um bosque. Na varanda, ela e Eva, uma colega da ONG, podiam tomar chá, chimarrão ou mesmo uísque, se quisessem.

Havia uma coisa dentro de Helena que sempre se misturava – o conforto e o desconforto. Assim que conseguia conforto, uma pulga se instalava atrás da orelha e começava a pinicá-la. Curitiba tinha se tornado pequena. Queria conhecer ruas de outros países. Começou então a fazer mais um dos seus planos. Ela se matricularia em cursos de inglês e espanhol e juntaria dinheiro para, em dois anos, fazer uma especialização fora do país.

Estava no trabalho lendo jornal quando deparou com uma notícia sobre um homem que tinha ganhado uma bolsa de estudos. O e-mail que ela disparou com a pergunta sobre os documentos necessários para se candidatar à bolsa teve resposta quase imediata. Entrou na página do curso e se deu conta de que a pós-graduação começaria em três meses.

– Não tenho nem passaporte, como vou me mudar para outro país nesse prazo? – comentou com Eva, e não respondeu à instituição.

Um mês depois, recebeu uma notificação dizendo que ela havia sido premiada com uma bolsa de estudos na Espanha. Pensou que era pegadinha.

– Mas por que você não pergunta!? – Eva falava enquanto trabalhava e Helena andava atrás dela com o e-mail impresso.

– É que tudo sempre foi tão difícil que é inacreditável se for verdade, eu não fiz nada. Estranho.

Helena ganhou uma bolsa integral de vinte mil euros para fazer uma especialização em diplomacia e relações internacionais na Universidade de Barcelona. A instituição cedia uma bolsa para cada país da América Latina, e, como ela foi a única brasileira a entrar em contato com eles, levou. Aquela frase que às vezes faz sentido – "estar no lugar certo na hora certa".

Tirar o passaporte, solicitar o visto, vender o carro para comprar passagens e pedir a conta do emprego era o que Helena precisava fazer de imediato. Era um risco que, ponderou, valia a pena, uma vez que voltaria ao Brasil com uma especialização em uma universidade estrangeira e que certamente teria valor. "De que adianta morar em um apartamento que pega sol e ter um carro, se não posso andar por lugares novos?", pensava.

Continuava namorando Miguel, e mudar de país seria uma oportunidade para rever algo que lhe parecia dissonante. Foi ele quem adiantou o dinheiro das passagens antes de ela vender o carro.

– Você vai, estuda, volta e a gente se casa.

Eva passou o contato de um amigo que morava em Barcelona, e ele logo se ofereceu para buscá-la no aeroporto.

Depois de sair do avião que chegava de São Paulo e poder pegar a conexão para a Espanha, andou alguns quilômetros de ônibus dentro do aeroporto de Londres, que constatou ser muito maior que a Nova Vila dos Hoffmann. Na vila era fácil andar, havia só uma avenida de terra e as pessoas falavam português. Depois de ter conseguido chegar a Barcelona, teve a sensação de que poderia ir a qualquer lugar do mundo.

Saiu do aeroporto e localizou Junior parado perto de um jipe marrom. Ele estava esperando conforme tinha se descrito. Vestia uma camisa bege com todos os botões fechados até o pescoço e calça ocre. Helena notou ainda que os dentes dele eram exageradamente brancos em contraste com a pele bronzeada.

Como um cachorro que põe a cara pela janela para pegar vento, Helena olhava a cidade que tinha subtons terrosos. Nunca vira uma cidade tão plana. Se olhasse um cartão-postal, veria que todos os prédios tinham a mesma altura e proporção. "Como era possível?", Helena pensava. Ela adorava passear no calçadão da rua Quinze em Curitiba, e ali constatava que havia uma ainda maior, as *ramblas*. Havia também o metrô e o trem, novidades para ela, que até então só tinha andado de ônibus, carro e avião.

Junior reservou o sofá para Helena ficar uns dias enquanto ela buscava um apartamento para alugar. Ele dividia uma casa de dois quartos com a irmã, mas Helena só a viu uma vez porque ela passava a maioria dos dias na casa do namorado. Com o dinheiro do carro, comprou as passagens e ainda sobrou para viver alguns meses com o mínimo, sem comer em restaurantes nem comprar nada para si. Miriam, a antiga chefe, havia emprestado um casaco de lã vermelho, que Helena vestia para pegar o trem onde ficava a universidade, a quarenta quilômetros da casa de Junior. Mesmo com o casacão de lã em cima de outra blusa preta, luvas e gorro, ela ainda sentia muito frio.

Durante o trajeto, um senhor percebendo que ela era estrangeira tratou de inteirá-la das piadas locais: "*Sabadell mala piel, Terrassa mala raça*". Estava finalmente em outro país e podia reconhecer paisagens novas. Tremendo e com o nariz vermelho, chegou a Terrassa por uma estação a poucas quadras da universidade. Durante o trajeto, e mesmo nessa região a que chegava, notou que existiam poucas árvores e as que estavam ainda em pé eram secas e sem folhas.

Na sala encontrou alunos vindos de vários países da América Latina – Equador, Chile, México, Argentina, Uruguai, Colômbia, além de alguns espanhóis. Não sabia nada da Espanha até pisar aquelas terras. Foi dentro da universidade e observando as pessoas e seus códigos que descobriu que a Espanha era dividida. Havia os espanhóis, os catalães, os bascos... Os catalães usavam o símbolo do burro; e os espanhóis, o touro. Era assim que começava a entender pouco a pouco aquele lugar. Nem todos eram cultos no primeiro mundo como ela pensava, também escutavam música de baixa qualidade, *basura*, em bom espanhol.

Era a única que falava português e receberia a segunda humilhação no que diz respeito a línguas. As aulas eram ministradas em inglês, espanhol e catalão. Uma confusão se fazia na cabeça de Helena e, quando tentava falar as poucas palavras que sabia em inglês, lembrava-se do espanhol, e, quando tentava falar espanhol, vinham-lhe palavras em inglês. Devia ter uma caixa de línguas trocada na cabeça. Nunca tinha ouvido falar do catalão, mas já sentia raiva daquele idioma.

As aulas de política internacional eram dadas por um professor britânico, e os alunos precisavam falar sobre a experiência no país de origem. Helena tinha muitas ideias e tentava falar em inglês, mas não conseguia se comunicar. Até que o professor pediu a ela que usasse a língua local:

– O seu espanhol é tão bom quanto o seu inglês – ele respondeu, e todos riram. A piada que o professor fez, ela compreendeu. Teve vontade de chorar, mas pensou que se chorasse seria ainda mais ridicularizada.

Era a primeira semana que estava hospedada na casa de Junior quando, em uma noite, ele preparou um espaguete de abobrinha. Nunca nem tinha passado pela cabeça dela que fosse possível, pois o legume era comum na horta da casa na vila e a mãe sempre fizera um negócio insosso – abobrinha refogada, ou melhor, aguada com tomate. Agora pensava em quantos usos teria uma abobrinha.

Depois do jantar dividiram um baseado e acabaram transando. Deixou de dormir no sofá para dividir a cama com ele. Na suíte havia calefação, uma cama *king size* com um quadro do Buda e um banheiro com uma banheira encardida. Helena pediu a ele que comprasse água sanitária, e ela a deixou branca.

Às cinco da tarde já estava escuro, e assim que Helena chegava da aula, Junior já a esperava com o jantar. Houve um dia em que ele preparou uma sopa de abóbora cabotiá com alecrim e deixou a banheira pronta com sal de lavanda. Com ele o sexo era diferente do que com Miguel, era coisa de carne intensa, mesmo assim se sentia um avião que pega embalo e não decola. Depois do banho quente de banheira, Junior colocou para tocar um reggae. Ele dançava da maneira como bem entendia, no ritmo dele. Helena percebeu o corpo dela se mexendo. Jamais gostou de ir a bailes na vila porque as pessoas lá dançavam em par o xote. Ali descobriu que podia movimentar o corpo como quisesse.

Encontrou na universidade um anúncio de aluguel de quarto de dois jovens catalães que estudavam por lá. Parecia perfeito morar na mesma rua da especialização, poderia economizar com transporte. O apartamento possuía um quarto para cada um e uma cozinha equipada com *cooktop* que nunca tinha visto antes. Na sala, havia uma estante repleta de livros e DVDs. A banheira era menor, mas estava limpa.

Na primeira noite fez muito frio. Como no quarto de Helena havia apenas um edredom, ela perguntou aos catalães como fazia para ligar a calefação. Eles disseram que não ligavam, mas que, se ela quisesse, bastava se responsabilizar pela conta inteira de luz. Naquela noite dormiu com todos os casacos que tinha. Tentou usar outras cobertas que estavam dentro do armário, mas verificou que tinham cheiro de tecido mal secado. Os catalães lhe contaram que, antes deles, o apartamento era locado por algumas putas da cidade. No dia seguinte foi à lavanderia para averiguar quanto custava para lavar uma coberta. Desistiu, o valor dava para um mês de comida no mercado.

Algumas semanas depois, encontrou um bilhete na cozinha: "Nunca mais toque na nossa comida". De fato, Helena tinha pegado algumas colheradas de *paella* para experimentar, mas na sua vila jamais uma pessoa falaria assim por causa de um prato de comida. Helena logo percebeu que pagava o quarto mais caro e era a que menos tinha direitos naquele lugar. Eles ficavam até tarde ouvindo música, mas, se ela fizesse isso, reclamavam. Não sabia nem onde descartar seu absorvente. Eles diziam que não era para jogar no lixo. Jogou no vaso sanitário e disseram que lá também não era o lugar dele. Falavam rápido e cuspiam quando falavam. Chamaram-na de "*tonta*" e isso ela entendeu porque era igual ao português.

Junior continuava convidando-a para passar os fins de semana na casa dele. Naquele em especial haveria uma festa na casa de um amigo brasileiro. Helena ainda se sentia uma estranha, com frio e fome naquele país distante, e achou que seria uma oportunidade de conhecer pessoas, ainda que brasileiras.

A festa de aniversário seria na casa de Bob. Baiano como Junior, ele dividia uma casa com três outros brasileiros. Não passou pela cabeça de Helena que fosse uma festa sem comida. Tinha as bebidas, que cada um trazia, e haxixe. Dançou sozinha por alguns minutos enquanto os amigos conversavam. Helena ainda namorava Miguel, mas falava pouco com ele, uma vez que precisava fazer ligações internacionais. Ela evitava falar em português, precisava urgentemente melhorar o espanhol. Até chegou a pedir a Bob que conversasse com ela em espanhol, mas ele perguntou se era *broma*, brincadeira em espanhol. Foi a primeira vez que fumou haxixe e ainda com o estômago vazio. Começou a tragá-lo como cigarro, até descobrir o que era um teto preto.

– Junior, estou esquisita.
– O que você tá sentindo?
– Estou tonta, fraca. Minha vista escureceu.
– Vamos sair pra andar um pouco.

Saíram da casa e começaram a andar por algumas ruas durante uma hora.

– Passou?
– Não.
– Será que eu te levo para o hospital? O que você está sentindo?
– Parece que vou morrer.
– É melhor ir para casa, dar entrada num hospital drogada pode te prejudicar, não sei.
– Vamos para a sua casa, não quero dormir sozinha.

Helena dormiu à uma e acordou às cinco da manhã, chapada. Passou o dia inteiro com a mesma sensação, e achou que se dormisse aquela sensação passaria. Dormiu novamente na casa de Junior e acordou igual. Voltou para Terrassa, e durante uma semana foi como se estivesse envolta em uma nuvem difusa, em que não sentia muito bem seus pés no chão. Não tinha vontade de rir ou chorar, tampouco pensava no passado ou no futuro, parecia estar em um presente anuviado. Também nesse período não se incomodou com a forma como os catalães a tratavam.

Depois de uma semana, voltou a sentir os pés mais fincados naquele chão, e recobrando a consciência tornou a pensar no seu propósito de estar na Espanha – estudar e transar com o maior número de homens possível. Acabava de fazer 25 anos. Só havia transado com seu namorado e, agora, com Junior. Não queria se igualar à mãe, que só havia transado com o pai ao longo de toda a vida. Além disso, queria ter um orgasmo.

Passadas algumas semanas em Terrassa, Helena escreveu um e-mail terminando com Miguel. Eles já namoravam havia dez anos e, antes mesmo de se mudar com a amiga Eva, tinham feito uma tentativa de morarem juntos que durou nove meses e terminou com um pote de iogurte arremessado na parede e um soco na perna dela. O namorado disse que esperava por isso e parou de falar com ela.

Ironicamente, pensou na palavra que os catalães usavam para dizer tchau: "*deu*".

II.

Com Junior, Helena sentia umedecer até as coxas, mas mesmo assim não conseguia ao final o efeito desejado. Às vezes lhe passava pela cabeça que podia ter nascido com algum defeito de fabricação. Será que as mulheres da sua família não tinham orgasmos?

Passado um mês da primeira festa, ele a convidou para saírem com Bob. Fumaram em casa antes de pegar o carro que o amigo dirigiria. Helena deu apenas uma tragada, só para entrar na mesma onda que eles. Definitivamente, não estava nos planos dela ficar uma semana inteira chapada de novo. Precisava fazer o que viera fazer na Espanha.

Pegaram a Calle de Sardenya e ela viu pela primeira vez a Sagrada Família. Não era o tipo de construção que estava acostumada a ver. Cada parte da igreja parecia ter sido feita por quem tece tricô e sabe muito bem juntar os fios pra fazer uma peça.

Durante o trajeto, sintonizaram numa rádio que tocava músicas que ela chamava de *basura*, mas gostava porque evocava a balbúrdia. Começaram a conversar sobre o que era ser um brasileiro naquele país. Junior estava lá havia dois anos trabalhando em uma fábrica. Bob estava havia cinco, inclusive tinha sido ele quem conseguira o emprego para o amigo. Não guardaram dinheiro, o objetivo inicial, mas concordavam que levavam uma vida melhor que no Brasil. Desfrutavam de uma boa moradia, carro, comida, e podiam conhecer outros países da Europa. Foi a primeira vez que ela e Bob conversaram além das poucas frases ditas na festa. Ele queria saber o que Helena estava fazendo na Espanha. Sempre que ela contava que conseguiu uma bolsa de estudos, sentia uma ponta de inveja por parte dos brasileiros que não estavam lá para estudar.

– Um mestre estava sentado com seu discípulo jantando. O discípulo perguntou ao mestre como ele fazia para despertar.

– Do que você tá falando, Junior? – perguntou Helena. Ela sabia que ele gostava de meditar, mas aquela conversa não tinha nexo com nada.

– O discípulo perguntou o que ele fazia para despertar. O mestre perguntou: "Já jantou?". "Sim." "Então vá lavar suas tigelas", respondeu o mestre. "Vá lavar suas tigelas!" – continuou ele rindo, sem dar explicações.

Helena embarcou na gargalhada, mas Bob, que dirigia, disse que haviam passado do endereço mais de uma vez.

– Tem que voltar lá atrás – dizia Junior olhando no mapa.

Eles tentaram retornar para a rua que precisavam pegar, mas se perderam de novo.

– Não, não é por aqui! – Bob já estava ficando nervoso.

– Gente, eu só queria dizer uma coisa – disse Helena com o dedo levantado, como fazia na escola: – A gente morreu.

– Quem morreu? – Junior tentou entender.

– A gente. É por isso que a gente não vai achar o lugar.

– Para de falar bobagem, viu – interferiu Bob.

– Não é uma coisa boa, morrer? – Helena gargalhava. – O Junior até estava falando de despertar. Vocês lembram do semáforo perto do bar com luzes neon? Um carro ultrapassou o sinal vermelho e se chocou com o nosso. É, talvez vocês não se recordem, mas eu vi uma pessoa dentro do outro carro explodindo.

— Para! — gritou Bob. — Para de falar isso.

O semáforo abriu e eles continuaram parados. Helena suspirou, olhou para o lado e tentou controlar o riso, percebendo que tinha irritado uma pessoa.

— Encosta ali — disse Junior. — Vamos pensar com calma em como chegar lá.

Embora fosse divertido transar e passear com Junior, não queria engatar um namoro em outro. Ele queria vê-la todos os fins de semana. Depois desse dia, resolveu terminar logo aquela história: precisava focar no propósito.

Havia se passado pouco mais de um mês desde que terminara com Miguel, e nunca mais se falaram. Para não preocupar a mãe, preferiu não contar. O quarto dela ficava no terceiro andar com vista para a rua. Adquiriu o hábito de fumar na sacada, já que os catalães também faziam isso. Percebeu que, se copiasse os hábitos deles, não teria problema. Ela ficava em silêncio fumando do lado direito da sacada, enquanto eles conversavam do lado esquerdo como se ela não estivesse lá.

As aulas aconteciam todos os dias e em horários diferentes. Como tinha vergonha do seu espanhol e do seu inglês, o jeito era não falar, nem com os professores nem com os alunos. O percurso que precisava fazer cabia em uma linha reta: da sua casa até a universidade, da universidade até o mercado. Todos os dias repetia o mesmo trajeto. Tinha deixado para trás os únicos amigos que fizera, Junior e Bob. Quase não escutava mais a própria voz.

Uma noite despertou no escuro com a respiração ofegante, não sabia onde estava, começou a tatear a parede para encontrar a luz. Sentiu as mesmas beliscadas no coração, como quando ainda era uma criança na Nova Vila dos Hoffmann. Não tinha celular e muito menos computador, nem mesmo um liquidificador para fazer ruído. Tudo estava silencioso e, além do seu coração angustiado, podia sentir o frio gelado tocando a pele. Com a luz acesa, sentou-se na cama e esperou o dia amanhecer.

Pela manhã saiu para olhar vitrines e se distrair. Mesmo sem poder comprar nada, olhava as lojas de eletrônicos. Precisava de um laptop para fazer os trabalhos da pós-graduação. Continuou andando e passou por uma casa medieval feita de pedra, uma piscina sem água em uma praça a céu aberto e um calçadão que não chegava a ser *las ramblas* de Barcelona. Parou em frente a uma casa toda branca de forma arredondada com telhado de concreto. Parecia a casa dos Smurfs.

Depois andou até uma praça onde um hipopótamo de concreto estava de boca aberta no meio de um riacho, teve a sensação de que ele queria atacá-la. Sentou-se em um banco de madeira que gelava ainda mais as pernas para observar as pombas que ciscavam por lá. Se havia algo em comum entre Curitiba e Terrassa, era a presença daqueles pássaros. Um senhor puxou papo com Helena, ela disse que era brasileira e ele ficou ainda mais entusiasmado. Convidou-a para ir até a casa dele, que não ficava distante dali, dizendo que pagaria. Demorou alguns segundos para ela entender do que se tratava. Confirmou com a piscada que o senhor deu em seguida. Levantou-se sem olhar e se pôs a andar. Foi ligar para a mãe. Fazia isso a cada quinze dias. Quando a mãe perguntou de Miguel, desconversou. Ela também escondia da filha que não estava bem de saúde. Helena queria notícias:

– Como está o pai? Trabalhando muito com o caminhão? E a filha do Márcio, a Olívia, já está na primeira série? Será que ela já aprendeu a ler? E o Mário sossegou? Saudades da Maria. E Matheus não arranjou ainda namorada? E a Priscilla não fugiu mais de casa? Vontade de comer a sua sopa de massinha, mãe.

Já tinham se passado mais de dois meses e agora ela começava a sentir falta das pessoas e do país que conhecia melhor. No mercado encontrou uma caixinha de água de coco. Provou com vontade, mas cuspiu em seguida, parecia água podre.

Tentou conversar com Miguel, dizer que precisava de um amigo, mas ele pediu a ela que parasse de procurá-lo.

– Vem pra cá também. Você vai ver, é tudo diferente.

– Não, Helena, não vou. Fica na tua e me deixa em paz. Minha vida começou a melhorar agora. Você nunca sabe o que quer.

As contas que Helena tinha feito para permanecer os sete meses com o dinheiro do carro que vendeu não fechavam, iria faltar. Precisava se concentrar nos estudos e ligou de novo para a mãe.

– Não mandei você ir tão longe, estava com um emprego bom e pediu a conta, agora aguente – a mãe respondeu. – A gente não tem nem pra gente. Já paguei metade da tua faculdade.

– Tá bom, mãe, para. Eu só queria saber se não poderiam fazer um empréstimo. Eu pagaria depois.

Ao final, Helena lamentou ter gastado com mais uma ligação internacional o dinheiro com que poderia ter comprado cigarro. O que era para ser uma noite ocasional virou rotina, acordava sem saber onde estava, com o coração acelerado até acender a luz e lembrar: "sou Helena, uma brasileira que está fazendo pós-graduação em relações internacionais na Espanha".

Um dia acordou de madrugada e caía neve. Era a primeira vez que isso acontecia naquele inverno em Terrassa. Pensava que quando a visse pela primeira vez seria um evento extraordinário. Os olhos dela estavam inchados, e por não dormir direito era difícil olhar para os flocos brancos que caíam e se amontoavam no chão. Ao amanhecer resolveu sair para caminhar. As pessoas faziam bonecos de neve, corriam de braços abertos, usavam pranchas para deslizar na praça. Pela primeira vez, Helena decidiu não comparecer à aula do professor britânico. Com a caminhada e a neve caindo na cabeça, veio uma vontade inescapável de chorar. Estava arrependida. Não queria ficar em outro país sozinha, mas também não queria desistir. Se tinha conseguido se manter em Curitiba e fazer faculdade, por que não ia dar conta de ficar na Espanha mais alguns meses?

Não havia ninguém para ouvir as lamúrias dela, mas um senhor bem-intencionado dessa vez a parou e perguntou se podia ajudar quando viu que ela se engasgava com o próprio choro.

– *No, no hay nada que puedas hacer. Gracias* – respondeu, e continuou caminhando.

A cabeça de Helena era invadida por todas as histórias que tinha vivido com Miguel, as boas e as ruins. Quando já tinha dezoito anos, viajou pela primeira vez com os pais dele para a praia.

– Você é burra. Por isso não conseguiu se tornar jogadora de vôlei profissional, olha como você segura a bola – ele dizia enquanto arremessava a bola forte em direção aos pés dela.

– É que eu não estou acostumada com areia, é pesada – tentava explicar.

Miguel pegou a bola e saiu. Helena sentou-se na areia e ficou olhando para o mar. O vento batia na cara dela enquanto via as ondas se formarem lentamente até quebrarem na areia e virarem água de novo, para em seguida repetir tudo, em um movimento contínuo que se parecia com o namoro dela. Foi até o mar, passou o dedo na água e levou à boca, constatou que era salgada. Voltou a se sentar na areia, começou a cavoucá-la para pôr os pés dentro dela. Queria ser uma ursa e hibernar durante todo aquele verão. O pai de Miguel, que estava caminhando por ali, a encontrou chorando.

– Ei, não dá bola pra ele, ele é um bobo, vem comigo pra casa.

Ela estendeu a mão para ele.

Pelas ruas de Terrassa começou a caminhar todos os dias para ver se algo mudava dentro de si. Não se concentrava mais no conteúdo das aulas. Saía de casa para ir à universidade, mas, em vez disso, andava a esmo. "Quem sabe minhas pernas fazem a cabeça ir para outro lugar", pensava. Sentia-se uma Forrest Gump brasileira, pensando em histórias, caminhando pelo mundo, só que pelas ruas daquela pequena cidade. Ligou para Junior e percebeu que ele não estava muito a fim de encontrá-la. Insistiu, e ele foi buscá-la.

– Você está mais magra.

– Estou comendo menos porcaria, só isso.

Helena deixou a mochila no quarto dele e correu até a geladeira para ver o que tinha. Quando ela ficava lá nos fins de semana, ele abastecia a geladeira com sorvete de amarena e pizza de gorgonzola. Mas agora a geladeira estava vazia.

– Ah, desculpa, não fiz mercado, tá corrido. Depois a gente pede uma pizza. Liga a TV, vou tomar um banho.

A irmã de Junior, que parecia a versão feminina dele, saiu do quarto. Era a segunda vez que se encontravam. Disse oi, foi até a cozinha pegar um pacote de bolacha e voltou para o quarto.

Helena sentou-se no sofá. Não tinha vontade de assistir a nada. Arrependeu-se. Era melhor sentir o coração doer no próprio quarto em Terrassa. Foi até a janela e acendeu um cigarro. A irmã saiu para dizer que ali eles não fumavam.

– Desculpa, pensei que a fumaça saía pela janela, não sabia.

Junior demorou no banho e já saiu com o livro de Osho.

– Até quando vai precisar disso como muleta? – falou Helena.

Junior a encarou e continuou lendo.

– Já vou pedir uma pizza.

– Vou tomar um banho – Helena avisou. Antes, encheu um copo com o resto de vinho que encontrou numa garrafa e tomou num gole só.

Depois do banho, Junior já estava a esperando na cama com a pizza. Logo depois de comerem, ele queria transar.

– Podemos transar amanhã cedo? Estou cansada.

Junior se levantou e fechou a porta com força atrás de si.

Helena tinha pela frente mais quatro meses na Espanha e precisava achar um emprego, se quisesse continuar estudando. Embora não estivesse bem, voltar e assumir que havia desistido não era uma opção.

Quando soube da bolsa, foi correndo contar para a mãe.

– Você não vai acreditar! Ganhei uma bolsa para estudar na Espanha – contava entusiasmada.

– E por que tão longe? – disse a mãe.

– Não é legal ver a filha estudando em outro país?

– Tem tantos cursos no Brasil.

– Mãe, eu fui a única brasileira que conseguiu.

Helena levaria alguns anos para entender que esse era o objetivo dela, o da mãe era que os filhos permanecessem por perto. Sentia-se confusa com relação a Miguel. Lembrava-se de ele ter comprado as passagens antes mesmo de ela vender o carro, incentivando-a a fazer uma especialização fora do país. Agora pensava que não devia ter terminado o namoro.

Todos os dias depois da aula, procurava emprego em cafés e restaurantes. Teria que trabalhar ilegalmente, já que seu visto era de estudante. Como não tinha experiência, ninguém queria contratá-la.

O tempo continuava úmido e frio, ela não tinha feito amigos e tampouco conhecido outras pessoas para transar, porque vivia enfurnada no quarto. Resolveu ligar para Miguel. Ao contrário da outra vez, ele a atendeu e foi logo contando que estava com uma empresa nova. A doçura e a raiva nele se mesclavam na mesma medida e eram expostas para qualquer um que atravessasse o caminho dele. A forma de Helena sentir era engolir a raiva e inclusive imaginar que Miguel desaparecia do mundo dela e quem sabe deste planeta. "Um enfarto seria perfeito se ele não sobrevivesse com sequelas", pensava.

Miguel falava o que vinha à cabeça e se arrependia depois. Tentava compensar com frases, mimos e afagos.

– Já que tem dinheiro sobrando, vem pra cá.
– Agora não vai dar. Você tem dinheiro ainda?
– Tenho sim.

Helena tinha pagado o aluguel e lhe restavam quarenta euros, que, se ela comesse só ovo e arroz, durariam ainda alguns dias.

– Liguei porque sinto tua falta, tô com muitas saudades.
– Está mesmo?
– Ahã – ela confirmou.
– Não me esqueceu?
– Claro que não – disse Helena. – É muita história, dez anos.
– Você acha que a gente tem jeito?

Um silêncio se instaurou dos dois lados.

– Eu te amo – disse Helena.
– Eu também. Acho que a gente podia voltar.
– Podia.

Helena havia telefonado para conversar. Sentia saudades de Miguel, mas não tinha a intenção de reatar o namoro. Quando disse que o amava, não era mentira. Ela o amava, mesmo o detestando muitas vezes. Pensava que o amor não tinha a ver com desejar viver uma vida juntos, mas desejar uma boa vida para aquela pessoa.

Ao desligar, estava se sentindo melhor por ter conversado com alguém que conhecia, mas não entendia por que tinha concordado em reatar. "Bom, ligo de novo outro dia para entender se a gente voltou mesmo, sei lá o que foi isso", pensou.

No caminho, Helena passou por um café peruano e resolveu entrar. O proprietário, que se chamava Rafael, tinha a mesma idade que ela, fez a pergunta que sempre faziam – se ela tinha experiência. Cansada de receber nãos, resolveu dizer que sim.

– *Entra y haz un café*.

Helena entrou por uma portinhola e ficou no lado de dentro do balcão. Deparou com uma máquina de expresso. Pegou o pote de café, tentou abrir o compartimento diante de si a fim de decifrá-lo, e Rafael começou a rir:

– *No tienes experiencia*.

– *No tengo, pero puedo aprender, cualquier estúpido aprende, no? Yo estudio relaciones internacionales, crees que no voy a hacer un café?*

– Volte amanhã e vamos ver – respondeu ele. – Se der certo, você trabalha das quatro às sete da noite, de segunda a sexta, e eu te pago metade do que ganha um espanhol, já que você não tem visto de trabalho – concluiu Rafael.

Agora, ela vivia, estudava e trabalhava na mesma rua, a Plaza de la Farinera. Era a sua segunda vila, mas na Europa e habitada por falantes de outra língua e com outros costumes.

No café ela descobriu como fazer *anticuchos*, espetinho de coração de boi temperado com molho de pimenta e acompanhado de batata, pimentão e milho. Lavava a louça entre um *anticucho* e outro e, quando o café fechava, limpava todo o espaço incluindo o banheiro. O café era de uma família de peruanos e foi nesse ano que Helena entendeu o conceito de globalização – uma brasileira sendo explorada por peruanos na Espanha.

Adorava conversar com os clientes que atendia para praticar o espanhol, que para ela ainda era vergonhoso. Começou a ser apresentada a alguns amigos de Rafael e a ser convidada para as festas. Durante a faculdade, ela tinha saído pouco, e na maioria das vezes acompanhada por Miguel. Embora tivesse aceitado voltar com o namorado, sentia-se livre ali para se deixar guiar pelas experiências, longe de todos.

Em uma das festas na casa do peruano, comeu pela primeira vez *pan con tomaca*, comida catalã, e experimentou *tortillas de papas* e muitas taças de sangria. Beijou um amigo de Rafael chamado Ruan. No dia seguinte não sabia como tinha chegado em casa. Não encontrava também as roupas e cogitava ter chegado pelada. Aos poucos começou a recapitular o trajeto que fez no dia anterior até chegar em casa. Logo que Ruan a deixou na frente do prédio, ela teve que sair correndo para subir as escadas, mas ao abrir a porta não conteve o vômito e a diarreia. As roupas estavam mesmo largadas do lado da máquina na lavanderia.

Ainda estava com a cabeça doendo, quando Ruan a convidou para ir a uma balada. Ruan levou Carles, o amigo com quem dividia apartamento. Foi nessa noite que experimentou beijar um e depois o outro na sequência, mas não tinha coragem de beijar os dois juntos. Era um tempo em que Helena torcia para o cara ter camisinha, já que uma mulher não deveria estar com isso na bolsa. Chegando à casa deles, transou com Ruan. Dos três homens com que tinha transado até então, ele era o que tinha o pau mais grosso, as bolas maiores, e era também o mais peludo.

O colchão ficava no chão ao lado de um cabideiro improvisado com muitas camisas pretas parecidas, e pela primeira vez ela sentou no colo de alguém e ficou fazendo o movimento de subir e agachar. Já tinha ouvido falar que a mulher podia ter mais prazer se ficasse por cima. Pensou que seria um bom treino. O exercício não resultou no esperado, pelo menos para Helena – ele gozou em poucos minutos. Era comum ver os homens gozando rápido e se virando para dormir. Isso era explicado inclusive pela necessidade biológica do homem, segundo as revistas que ela lia. Helena, excitada, ficou olhando para o teto, e não lhe ocorreu se tocar sozinha.

Dias depois, ainda saindo com Ruan, começou a perceber que ele e o amigo que dividiam apartamento tinham atração um pelo outro e que ela poderia ser a via de consumação do desejo dos dois, se transassem os três. Era a segunda vez que recebia uma proposta de *ménage*, a primeira foi com Rafa e Nuno na vila. Na vila chamada Terrassa, declinou de novo.

Rafael, o dono do café, era enteado de um espanhol e tinha quatro irmãos desse rearranjo que a mãe peruana tinha feito. No final do dia, quando Helena terminava o trabalho, cada um dos irmãos, na sua vez, se oferecia para levá-la em casa, a três quadras dali, com a desculpa de que era perigoso andar sozinha.

Houve uma vez que até o padrasto se ofereceu. Pensava se tratar de alguma aposta de quem ficaria com ela primeiro. Durante a caminhada com um deles sempre havia o momento de suspensão, os olhares, as indiretas, as tentativas de pegar na mão. Mais do que isso, existia o "direito", já que trabalhava no café. O único que nunca fez isso foi o próprio Rafael. No final ela agradecia a companhia e subia, era o que podia fazer para manter o único emprego que tinha conseguido.

Já estava trabalhando havia dois meses no café e acumulava funções, tendo as responsabilidades de um atendente e ao mesmo de uma gerente.

– Preciso de uma lavadora de alta pressão – pediu a Rafael.

Já tinha tentado limpar o espaço com pano, esfregão, vassoura, escova, água sanitária, mas mesmo assim, para o padrão de limpeza dela, tudo estava encardido.

Rafael comprou a tal da lavadora.

– Você podia aumentar um pouco a minha hora.

– *No. Se lo quieres es asi.*

Havia no café uma caixinha onde os clientes colocavam moedas, a chamada gorjeta, e que Helena despejava no próprio caixa. Não se sentia merecedora do dinheiro extra. Rafael sabia que ela devolvia o dinheiro e tampouco a incentivava a pegá-lo.

De repente aquele movimento de acordar de madrugada com a respiração sufocada cessou. Helena agora tinha os amigos de Rafael, o dinheiro que ganhava no café dava para segurar as pontas, e ela começou até a conversar com os colegas do curso. Fez amizade com um chileno chamado Martín. Ele sabia da situação dela com os catalães. Como vagaria um quarto no apartamento em que ele morava, propôs que Helena fosse para lá. Faltavam três meses para ela terminar o curso, e não pensou duas vezes em deixar os catalães. Pagou o aluguel e avisou que sairia do apartamento. Mas, antes disso, começou a ligar todas as noites a calefação para depois deixar a conta de luz em aberto.

III.

Helena pegou a mala e se mudou para a casa de Martín, que dividia o apartamento com outro chileno chamado Pancho e o mexicano Jamil. Ainda vivia por ali uma catalã, Alba, colega deles que deixou o marido e começou a namorar Martín. Finalmente Helena se livraria dos catalães malcriados.

Mudou-se para o quarto de Pancho e ficaram dormindo juntos por alguns dias até a partida dele. Ele era carinhoso, porém os corpos deles juntos eram desajeitados, sem encaixe. Um dia tentou até puxar os cabelos dele para ver se ele se mexia. Deu certo para ele. Isso o deixou com mais tesão, mas não fazia nada para Helena ficar mais excitada. Para ela as tentativas eram válidas.

Ela continuava mantendo as conversas com Miguel, mas já não tinha a sinceridade de quando viajava para campeonatos de vôlei, agora ela o traía e não contava. Repetia o mesmo ato que via o pai fazer com a mãe e que seus irmãos também faziam com suas companheiras. Menos Matheus, que nunca aparecera com uma namorada em casa, e continuava vivendo com os pais.

Diferente do apartamento dos catalães, o novo tinha poucos móveis, uma grande sala com mesa com quatro cadeiras de plástico e dois pufes de zebra. Também não havia dia de limpeza, cada um lavava sua louça e pronto. Até porque, se não lavassem a cada refeição, não tinham pratos para a seguinte. E quem se incomodasse com a sujeira, limpava o chão. Era possível fumar em qualquer cômodo da casa, até na banheira encardida que Helena não se preocupava mais em limpar.

Pancho voltou para o Chile. O quarto de cor verde-água com cama de solteiro e um roupeiro de duas portas ficou só para Helena. A primavera estava despontando e as roupas dela agora estavam mais adequadas à temperatura. Os almoços eram coletivos, e todos dividiam as compras sem se importar com quem pagava mais. Quem tinha mais dinheiro comprava mais comida, simples assim. No primeiro dia, Alba e Martín a convidaram para comer um cordeiro frito na panela com tempero árabe e cuscuz marroquino acompanhado de cerveja Estrella Galicia gelada.

Tinha juntado dinheiro suficiente para permanecer até o final do curso, e resolveu sair do café dos peruanos para se dedicar aos estudos. Não podia fazer como alguns amigos, que viajavam aos fins de semana para outros países da Europa, mas se contentava em comprar uma passagem de trem de Terrassa a Barcelona de vez em quando. Quando comunicou a Rafael que iria sair do café, ele disse que pagaria mais a ela. Helena virou as costas e foi embora sem dizer nada.

Na universidade, os catalães com quem ela repartiu apartamento a abordaram mais de uma vez para cobrar a conta de luz. Ela avisou que pagaria no mês seguinte e assim o fez até todos os meses posteriores.

Martín ficaria na Espanha depois de terminar o curso, e conversando com ele Helena pensou em fazer o mesmo. Não sabia mais se queria voltar ao Brasil e solicitou à embaixada Brasil-Espanha a prorrogação do visto por mais um ano.

Enquanto esperava a resposta, tratava de pensar em um projeto para concluir o curso. No final haveria uma banca que eles chamavam de *pitching*, onde o aluno apresentava uma proposta de projeto. O ganhador receberia uma oferta de trabalho em uma ONG em Barcelona. Se fosse escolhida, seria fácil estender a permanência.

Antes de se mudar para a Espanha, Helena tinha feito uma cerimônia xamânica. Ouviu falar de um grupo em Tarragona, pensou que seria um projeto diferente nessa área. Mais do que isso, achava importante a disseminação de uma cultura que fazia parte de alguns povos originários do Brasil. Uma conhecida de Curitiba lhe passou o contato das pessoas que estavam envolvidas com essa prática por lá. A pessoa que a atendeu deixou claro que, se ela quisesse fazer um projeto, teria que ir até Ibiza conversar pessoalmente com a xamã peruana Carmencita, que estaria lá no fim de semana seguinte para uma cerimônia.

Helena ligou para Junior dizendo que tinha um convite para ele. Explicou que dentro do xamanismo havia muitos rituais diferentes e que eles poderiam fazer uma cerimônia com ayahuasca, uma planta também conhecida como cipó do morto. Ele tinha curiosidade e se ofereceu para pagar as passagens dos dois.

Desde que Helena começou a transar com Junior, ele fotografava os dois nus com uma máquina digital. Nas fotos aparecia o pau dele entrando na boceta dela, ela abrindo a vulva para ele, mostrando a bunda de quatro e os dois nus com apenas o rosto dela em quadro. Antes de partirem para Ibiza, passou a noite lá e, quando ele estava tomando banho, ela acessou o computador e começou a apagar as fotos. Ele saiu a tempo de ver.

– Ei, o que você está fazendo no meu computador?
– Apagando as nossas fotos.

— Essas fotos são minhas.

— Não, essas fotos são minhas, porque eu estou nelas.

— Não vou fazer nada com elas.

Passava pela cabeça de Helena que ele ainda poderia ter mais fotos guardadas e que um dia poderia chantageá-la com isso.

Pegaram o avião para Ibiza num sábado de manhã, seria a primeira viagem de Helena dentro da Espanha depois de quatro meses por lá. Já tinha ouvido falar das festas eletrônicas na ilha, mas não havia tempo para isso. Os dois foram direto para a casa onde ficariam hospedados apenas uma noite. A cama ficava no chão, logo não fazia barulho e daria para transar, mas Junior não estava interessado nem em conversar.

Era a segunda vez que Helena participava daquela cerimônia específica. A primeira foi no Brasil, com Miguel, e sem saber que a planta era alucinógena. Durante o ritual, dentro de uma oca numa praia de Santa Catarina, uma pessoa que estava sentada do lado dela perguntou se Helena estava escutando o canto das sereias. A única coisa que escutou foi o zumbido dos mosquitos que a picaram a noite toda.

Na noite seguinte em Ibiza, Helena e Junior foram conduzidos até uma casa de madeira na praia, cercada de areia e pequenos arbustos. Carmencita estava sentada tocando um tambor próxima da fogueira de lenha. As pessoas que chegavam iam se aconchegando em cima de colchonetes e almofadas. De madrugada, depois de terem tomado o chá, primeiro apareceria o dia e depois a noite para ela. A vida planetária evoluiu sobre a alternância dos dias e das noites, tão importantes na formação do desenvolvimento humano. Para Helena não seria diferente.

O dia se configurou quando o corpo dela se transformou em um recipiente translúcido onde podia ver o próprio sangue correndo nas veias. Mais do que isso, eram correntes elétricas que tinham as cores do arco-íris.

As luzes coloridas desapareceram quando ela percebeu que precisava urinar urgentemente. Quando quis se levantar, descobriu que o joelho, o mesmo que tinha lesionado no vôlei, estava totalmente travado. O médico explicou que o menisco era como uma alça de metal de um balde, não dava para entortar, travava. Com a perna imóvel, a dor beirava o insuportável. Ela avisou Junior, que repetiu uma frase que tinha usado outras vezes.

– Olhe para isso que vai passar.

"Seu filho da puta, eu estou morrendo de dor", era o que Helena queria ter dito, mas, em vez disso, limitou-se a dizer:

– Me ajuda, por favor.

Ele se sentou ao lado dela e começaram a conversar. Chorando, Helena se lembrou do namorado no Brasil, das noites em que acordava sem ar e de que em menos de três meses, se não renovassem seu visto ou não ganhasse a bolsa, precisaria voltar e viver uma vida que ainda não sabia se conseguiria recusar.

Ao amanhecer, seu joelho destravou. Tinha aprendido uma técnica com um médico que consistia em apoiar a perna na beirada da cama para que ela relaxasse. Sempre que isso acontecia, a lesão aumentava um pouco. Por alguns dias ficou com a impressão de ter joelho. Geralmente ela não notava as partes do corpo, era sua cabeça que pesava mais em relação a tudo.

Quando estava indo embora, sentiu o pulso arder, levantou a manga da blusa para ver o que era. Pensou que poderia se tratar de mordida de mosquito novamente. Viu uma mancha vermelha e dois furinhos. Falou com algumas pessoas dali para entender que bicho a tinha mordido, e disseram que podia ser aranha.

Antes de partir, foi falar com a xamã Carmencita. Era isso que tinha ido fazer e estava ansiosa para saber se ela aceitaria ser colaboradora do projeto em que estava trabalhando. A xamã propôs um acordo. Aceitaria contribuir com informações desde que Helena fizesse um filme sobre o xamanismo na Espanha e cedesse o material a eles.

– Uma reportagem, você quer dizer?

– Um filme. Preciso que você registre a cerimônia Busca da Visão, que vamos fazer mês que vêm em Tarragona – falou a xamã. – A universidade deve ter equipamentos.

"Um filme... Como vou fazer um filme?", Helena pensou. Mostrou a picada para a xamã, que agora doía cada vez mais e a mancha vermelha estava ficando arroxeada.

– *Serpiente.*

– Cobra?! Como? – Helena se assustou.

– *Porque ella quiso picarte.*

– Isso é impossível. Eu não saí da casa. Nem teria como, meu joelho estava travado. *¿Qué quiere decir?*

– *Tendrás que averiguarlo.*

A xamã colocou a folha de uma planta em cima da picada. As náuseas começaram em seguida, assim como a febre. Carmencita levou Helena até um hospital em Ibiza. Junior pegou o voo agendado e depois disso eles deixaram de se ver. Durante o trajeto, Carmencita lhe contou que vivia em Amsterdã havia quase vinte anos. Antes de entrar no corredor onde seria atendida, ainda teve tempo de perguntar:

– ¿No extraña Perú?
– Tienes que elegir tus historias. El hombre olvidó que es un creador y por lo tanto está enfermo.

IV.

Helena e Martín pegavam o trem de Terrassa a Barcelona duas vezes por semana para passar o dia na praia. Antes de sair, preparavam os *bocadillos* com atum e ovo frito. Houve um dia em que viram várias tendas distribuindo *paella* gratuitamente em Barceloneta, era Dia do Trabalho. Foi como encontrar um oásis no deserto. Enquanto os dois se sentavam para olhar o mar, Martín perguntava se ela não queria fazer *topless*. Muitas espanholas não usavam a parte de cima do biquíni, mas Helena se sentia melhor com o biquíni de duas partes. Já era difícil se sentir confortável com seu corpo dentro de uma roupa.

Àquela altura, tinha certeza de que não queria voltar para o Brasil. Só não sabia como terminar de novo o namoro com Miguel, nem como fazer o filme que a xamã havia pedido. Eram duas coisas muito importantes para resolver em pouco menos de três meses.

Fumando haxixe na praia, os dois chegaram à conclusão de que havia um doce igual em suas terras natais. No Brasil, chamava-se cueca virada, e no Chile, *calcetín al revés*.

– Se tivesse esse doce na Espanha, iria se chamar *ropa interior*, hein, Martín – Helena ria.

Helena apresentou o projeto ao seu orientador do curso – uma organização não governamental internacional de proteção à ayahuasca. Os objetivos principais eram salvaguardar a erva como patrimônio histórico e também o uso em tratamentos de presos na Espanha.

– Não posso fazer esse projeto sem a xamã e as pessoas que cuidam dessa planta – disse ao professor. – Procurei na internet e descobri que para fazer um filme preciso escrever um roteiro. Tudo começa com um roteiro.

O professor escutava atento.

– Uma das pessoas que vão fazer a cerimônia vive em Madri e pensei em acompanhá-lo, já que um roteiro precisa de um personagem.

– Pode tratar apenas de situações também – respondeu o professor. – Mas me conte mais sobre a Busca da Visão.

– A pessoa vai até uma floresta, fica lá, isolada, sem comida nem água.

– Fica acampada numa barraca?

– Não, ao relento. Só com a roupa do corpo e uma coberta, um colchonete. São três anos consecutivos e a cada ano aumenta o número de dias. A pessoa se prepara, fabricando o que chamam de pequenos *rezos*. Ela enrola em pedaços de tecido colorido um punhado de tabaco colocando as intenções. É esse cordão que delimitará o espaço da pessoa na floresta.

– Estou pensando como posso te ajudar. Isso tudo é muito interessante.

Helena ligou para Miguel para contar do projeto que estava fazendo e ele disse que tinha comprado as alianças de noivado, que se era para casarem precisavam fazer direito dessa vez, referindo-se à primeira tentativa deles de morar juntos.

– Vou ter que me vestir de branco, usar véu e grinalda?

– Como as noivas casam, Helena? Pense!

Ela estava esperando a resposta do professor sobre o filme quando recebeu a notícia de que sua solicitação de prolongar a estada na Espanha tinha sido negada. A única maneira de permanecer era ganhando o *pitching*. Nesse mesmo dia, o orientador a procurou. Uma conhecida dele tinha uma pequena produtora de vídeos e poderia produzir o filme. Ressaltou ainda que o próprio material gravado serviria como base para endossar o projeto para a banca final, assim ela teria mais chance de ser selecionada. Para Helena era melhor que comer *paellas* grátis em Barceloneta, porque mesmo se voltasse ao Brasil, teria um projeto.

Foi encontrar Isabel, a espanhola dona da produtora, e também Joaquín, outro chileno que trabalharia no filme como cinegrafista. Antes mesmo de irem a Tarragona, foram a Madri para acompanhar o personagem que faria a Busca da Visão, Guillermo.

Notou que Madri era diferente de Barcelona. Não tinha o vento da praia, mas tinha a estátua de urso na Puerta del Sol. Tentava prestar atenção em Guillermo, um homem tão alto que às vezes era difícil enquadrá-lo junto a outros sujeitos de estatura normal, ao mesmo tempo que escutava o som de um violino que vinha das *ramblas*. Pensava em congelar a imagem de Guillermo andando por lá para inserir dados biográficos dele na edição.

Gravaram Guillermo entrando e se ajoelhando para rezar em uma igreja. Como Helena, ele foi católico, mas no momento se interessava por xamanismo. Ele dizia se afetar pela beleza dos ornamentos e das roupas que os cristãos usavam em cerimônias e encontrou esse encanto também no xamanismo, mas achava que a Igreja estava corrompida e por isso sua fé migrou para outro lugar. Almoçaram no *Museo del Jamón*, um boteco turístico para comer sanduíches baratos de *jamón con pan y cerveza*. Helena queria ter tempo e dinheiro para ficar alguns dias na cidade.

No início de junho, Isabel, Helena e Joaquín partiram de Barcelona para Tarragona para filmar o ritual. Em um vale cercado por paisagens secas, ficava a grande tenda de lona onde aconteceria a cerimônia principal. Mais acima, do lado direito, estava uma pequena casa de alvenaria branca para guardar os mantimentos, chamada de *la casita*. Ao lado da *casita* ficava um banheiro sem chuveiro. Nos arredores do descampado, cada um teria que montar seu próprio acampamento. Era a primeira vez que Helena acampava e montou a barraca sobre a raiz de uma árvore. À noite, incomodada tentando dormir, praguejou contra a mãe por não a ter deixado participar do clube de escoteiro.

Eram trinta pessoas agindo em prol de uma cerimônia, e cada uma precisava executar determinada tarefa. Helena começou a ajudar a cozinhar e a colocar a mesa. Em sua casa, os pratos e os talheres eram jogados e cada um pegava o seu conforme ia chegando. Foi ali que aprendeu sobre a beleza de uma refeição. Cada talher era alinhado de um jeito ao lado do prato. As cores do milho, da abóbora e da batata cozida estavam em harmonia com as flores do campo, que se repartiam em pequenos vasos pela mesa. Precisavam se sentar e comer com calma, apreciar a comida e não engoli-la a garfadas como fazia.

A água era escassa, não dava para puxar descarga quando se urinava, e dentro do vaso se acumulava uma crosta amarela fedida. Era comum ver fezes boiando na água marrom. Cada um podia usar um galão de três litros para tomar banho ao lado de uma caixa-d'água. Helena percebeu que podia viver com pouco, bastavam-lhe *bocadillos* de atum e ovo e banhos com três litros de água.

A vegetação da Espanha era diferente. As faias, os abetos e as bétulas não eram árvores vistas no Brasil e agora mesmo estavam sem folhas. Isabel disse que era por isso que os europeus construíram tantos monumentos. A América Latina não precisava disso, porque a beleza estava em sua forma bruta e natural. Helena concordava. Mas o que mais estava em sua forma bruta no continente dela?

À noite, aconteceria a cerimônia de abertura com ayahuasca e, na manhã seguinte, os buscadores de visão partiriam cada um para seu espaço delimitado na floresta.

– Floresta! Isso não é uma floresta – Helena comentava com Joaquín.

Helena sabia que não poderia filmar tudo. Jamais poderia entrar com uma câmera na cerimônia de ayahuasca ou mesmo seguir seu personagem na busca de visão, já que o propósito da cerimônia era ficar em isolamento. Pensava que isso era interessante, ir com a câmera diante de certos lugares e se deter, criando uma espera e expectativa do que poderia acontecer. Ela não tinha grandes referências de cinema, mas gostava de assistir a filmes tensos e de violência psicológica.

– A câmera é também o olho de um personagem que recorta realidades, enquadra e altera pelo ponto de vista de quem está filmando – Isabel explicava seu trabalho para Helena.

Enquanto ela falava, lembrou-se de quando viu Nuno e Rafa fazendo tic-tac atrás da escola. Ela era a câmera enquadrando e julgando a cena. Embora a câmera não pudesse entrar na cerimônia noturna, a xamã Carmencita convidou Helena para participar. Ela disse a Joaquín que não foi porque ele e Isabel não haviam sido convidados, mas a verdade é que ela queria ficar bebendo com eles.

A cerimônia acontecia na parte baixa do terreno, e era possível escutar os cantos e *rezos* enquanto, lá de cima, em frente às barracas, os três compartilhavam um baseado e conversavam sobre os tipos de florestas do mundo. Martín falou de uma floresta chamada Mar de Árvores, no Japão.

– O bosque fica a noroeste do Monte Fuji.

– A floresta não se chama Mar de Árvores, Joa – era assim que Isabel chamava o amigo. – Esse é o nome do filme do Gus Van Sant.

– *Sí*, dizem que tudo começou com um livro de 1961 do escritor Seicho Matsumoto, em que um casal de amantes vai até essa floresta e tira a própria vida. Eu adoraria filmar essa floresta – contava Joaquín. – Inclusive é supercinematográfico: as pessoas que vão se suicidar amarram pedaços de tecido colorido nas árvores, para o caso de se arrependerem e quererem voltar.

– Supercinematográfica *la muerte*? – ironizava Isabel.

Helena escutava e pensava que, se um livro conseguia atrair as pessoas para a morte, que livro poderia atrair as pessoas para a vida?

No outro dia, acordou com dor nas costas. Martín conectou o gravador de áudio a uma vara que lembrava a de pesca do pai dela, mas que naquele caso servia para colocar o microfone e acompanhar os entrevistados. Isabel ligou a câmera, que usava na mão com a luz natural. Com os equipamentos ligados, olharam para Helena e ela percebeu que teria que falar a palavra mágica.

– Ação!

Guillermo começou a andar em direção à montanha enquanto eles o acompanhavam. Helena não parava de pensar na palavra "ação", que faz as coisas acontecerem. Guillermo, aquele homem comprido, que carregava a tiracolo apenas um saco de dormir, desapareceu no meio da vegetação com um propósito que ela não sabia qual era.

Helena olhava ao redor para ver se não pisava em nenhuma cobra. No pronto atendimento em Ibiza, ela começou a vomitar no corredor e foi logo atendida. Precisou ficar num quarto tomando soro e medicação. Chegou a sonhar que estava deitada na beira de um rio e que uma mulher de traços indígenas e cabelos negros compridos vinha em sua direção. A mulher se aproximou, colocou a cabeça de Helena no colo e começou a acarinhar os longos cabelos dela.

– Leãozinho, Leãozinho.

Ninguém a chamava assim, a não ser Fernanda, sua cunhada. Antes de ela começar a namorar o irmão de Helena, a amiga também tinha planos de ir embora de Rio Azul. Dizia que iria morar em uma ilha na Nova Zelândia onde as pessoas vivem peladas e fumam maconha o dia todo.

Acordou do sonho e era Carmencita que acarinhava o cabelo dela. A xamã a levou até o aeroporto, ficaram em silêncio durante o trajeto, mas mesmo assim Helena sentia que algo importante havia acontecido ali mesmo quando estivera dormindo.

Durante a tarde gravariam o interior da tenda. Joaquín queria acender o fogo para a luz da cena ficar bonita, mas a xamã disse que só acendiam durante a cerimônia.

– *Sí, pero eso es una película, y una película es una mentira también* – argumentou Joaquín.

– *No* – Carmencita respondeu. – *No contamos mentiras acá. Tiene que ser como es. Es así.*

Fizeram as entrevistas com algumas pessoas indicadas por Carmencita e à tarde fariam uma com a própria xamã. Caminharam por uma estrada de terra onde Helena escolheu uma árvore como cenário para a conversa. Já tinha visto antes Joaquín e Isabel escolherem cenários e, como aprendia por imitação, pôs em prática ali também essa habilidade recém--adquirida.

Carmencita era uma mulher de baixa estatura e cabelo curto. Estava sempre de saia e chinelo de dedo, como Heloísa, e tinha algo no olhar que também a fazia parecer a antiga professora. A fala dela carregava doçura e mistério ao mesmo tempo. Contou sobre os tipos de cerimônias dentro do xamanismo e sobre o que acreditava ser a vida:

– *Hay también la tienda de sudor. En una carpa cerrada y a setenta grados la gente se sienta alrededor de piedras calientes, es un regreso al útero y pueden llegar recuerdos que aún no se han sentido. Tienes que elegir tus historias. El hombre olvidó que es un creador y por lo tanto está enfermo* – Carmencita repetiu.

Helena pensou que nunca estivera diante de uma mulher de tamanha coragem, que havia deixado para trás o país de origem e escolhido a própria história. Descobriu também que não era por acaso que a cerimônia acontecia em Tarragona.

A Espanha era um país tradicional e católico. A cerimônia estava ali escondida dos olhos dos demais.

Eles tinham ainda uma entrevista para aquele dia, mas começou a chover e foi cancelada. Da barraca captaram imagens e sons da chuva que molhava a terra e a grama. Helena pensou em Guillermo sozinho na montanha sem uma cabana. Os três estavam entediados. Foram de carro conhecer o *pueblo* de Tarragona. Lá, entraram num bar chamado Tarragon para tomar uma *birra*, cerveja.

Isabel começou a criticar a maneira como a cerimônia era conduzida, tudo muito hierarquizado, não era uma comunidade. Joaquín dizia que o propósito era bonito, mas os seres humanos tinham muitas falhas, e os de lá não eram diferentes de outros religiosos. Helena estava apaixonada por esse novo momento de sua vida.

– E se a gente gravasse as nossas conversas? Seria outro filme. Que acham? – Eles balançaram a cabeça em negativa.

Desde pequena, Helena tinha dificuldade de dizer o que sentia e não era só falar, não tinha palavras para nomear o sentimento, e, mesmo que soubesse, às vezes era melhor não dizer, os adultos da casa não gostavam de escutar o que as crianças tinham a dizer. Mas até isso era confuso para Helena. O irmão, depois que chegou em casa com a cara ensanguentada e contou que o pai tinha amantes, começou a ser mais paparicado do que os outros, até ganhou um carro de presente.

Uma vez, depois de Helena tentar dizer a Miguel que ele a deixou dentro de um carro esperando duas horas enquanto atendia um cliente, ele a chamou de mal-agradecida, mas na sequência se ofereceu para pagar sushi. Em vez de argumentar, a garganta dela inflamava.

À noite chegaram novos participantes para a última cerimônia. Helena estava arrumando a mesa com os amigos, quando uma mulher chegou falando alto e de forma ríspida; parecia o catalão que cuspia para falar.

– ¿Quién eres tu para hacer esa película?
– Não te interessa – disse Helena.

Isabel e Joaquín pararam de colocar os pratos para olhar para Helena. Ela sentiu que soou mal, mas ficou feliz que as palavras conseguiram atravessar o eixo da garganta e se posicionar na boca. Um dia, quem sabe, poderia se comunicar como fazem pessoas adultas que dizem com sinceridade o que as incomoda.

A chuva não cessava e conferia outro clima ao material captado. Chegaram lá com sol. Não tinham entrevistado todos os listados por Carmencita porque precisavam de luz natural. Tudo foi ficando mais escuro, e o dia estava se confundindo com a noite. A neblina baixava até o vale, dando um ar ainda mais misterioso àquele lugar.

Guillermo poderia descer no dia esperado ou não, uma vez que a pessoa não é obrigada a ficar lá na floresta se não suportar, e agora com a chuva talvez interrompesse o ritual antes do tempo. Ela começou a torcer para que ele não cumprisse o plano de ficar quatro dias isolados na montanha. Naquela tarde, duas pessoas desceram e Helena lamentou não estar com a câmera ligada para gravar.

Eles já se aproximavam do último dia e era melhor fazer as entrevistas que restavam mesmo com pouca luz. Isabel discordava, afetaria a qualidade. Helena disse que precisavam fazer porque havia prometido a Carmencita. Ao final ela concordou, mas disse que entregaria as entrevistas à parte, que não colocaria aquelas no filme.

Enquanto todos rezavam lá embaixo dentro da tenda, os três compartilhavam um baseado junto com um copo de uísque com Coca-Cola, mistura que Helena provava pela primeira vez na montanha. Já tinha misturado vodca com o refrigerante na escola. Que mais será que poderia misturar? Para a mãe dela, Coca-Cola era um remédio. Se Helena sentia dor de dente, a mãe dizia para tomar Coca-Cola. Se estava com dor de cabeça, também. Dor de estômago, então, melhor ainda.

Isabel foi dormir, e Helena e Joaquín continuaram conversando até que ele inclinou a cabeça em sua direção e a beijou. Deixou-se beijar por aquela língua macia com gosto de uísque, Coca-Cola e *marijuana*.

Joaquín tinha alguns anos a mais que ela, cabelos pretos longos que prendia em um coque samurai, era bem magro e usava saia. Os dois entraram na barraca com o copo de bebida e, em vez de transarem, ficaram contando histórias um para o outro. Helena contou sobre os irmãos terem nomes que começavam com eme, sobre a vila, tia Lídia que morava no paiol e sobre a Vila dos Hoffmann que fora inundada.

No outro dia, Isabel viu quando Helena saiu da barraca de Joaquín e passou a evitá-la. Só dirigia a palavra a Joa, Joaquín.

– Por que você não fala comigo, o que aconteceu? – tentou conversar.

– Nada.

— Não é nada, você tá diferente. Foi porque eu dormi na barraca do Joaquín?

Isabel virava a cara e evitava o assunto. Durante a manhã recolheram as barracas e guardaram os equipamentos no carro: voltariam a Barcelona naquela tarde.

Joaquín contou a Helena que os dois tinham ficado uma vez, mas que não passou disso. Antes de partir, ela quis falar com Isabel.

— Está tudo certo, eu não fico mais com o Joaquín. Não sabia que você gostava dele, já que tem namorado.

— E você não tem namorado no Brasil?

No carro de volta para Barcelona, Joaquín lhe mostrou uma garrafa de ayahuasca que tinha roubado de Carmencita. Helena levantou os ombros e respondeu como os espanhóis.

— *Me dá igual.*

V.

Como nem Helena nem Miguel compartilhavam o que viviam de verdade em cada um dos países, passaram a ter conversas de elevador – falavam do clima, às vezes de comida, de fulano ou beltrano. A preocupação de Miguel era se Helena tinha dinheiro, e ainda que vivesse com pouco, ela respondia sempre que sim. Continuava escondendo dele suas reais intenções e resolveu que cuidaria de um problema de cada vez.

Isabel morava em um pequeno sobrado no bairro El Raval, em Barcelona. Todos os dias, Helena pegava um trem de Terrassa para ir até a casa da produtora e trabalharem juntas no filme. Esperava terminar antes de 7 de julho, data em que precisava deixar a Espanha caso o projeto dela não fosse selecionado.

O som que sobressaía era o do teclado cortando e juntando certas cenas. Isabel evitava conversar e, quando o fazia, não olhava na cara dela. Enquanto trabalhavam, Helena se lembrava do primeiro filme que vira em Curitiba. Estava agora em uma ilha de edição, pensando como uma cena era interrompida. A única coisa que Isabel disse olhando nos olhos foi que queria assinar a direção também, afinal foi ela que estudou cinema, não Helena.

– Tudo bem, nem pensei nos créditos.

Houve um dia em particular em que notou uma movimentação diferente na casa. Enquanto editavam, três pessoas na sequência vieram até o apartamento. Uma de cada vez tocou a campainha, Isabel saía para atender com pequenos embrulhos na mão, e voltava sem eles. Ela continuava sentada olhando para a tela do computador. Na terceira vez que encontrou o olhar curioso de Helena para ela, falou:

– Você acha que eu vivo de cinema? Claro que não.

Joaquín ligou para Helena e combinaram de tomar uma cerveja quando ela saísse da edição. Sem contar nada a Isabel, os dois voltaram a ficar. Ela estava sempre emburrada mesmo, *dava igual*, tanto fazia.

Naquela noite, Joaquín a levou para dormir na casa de uma amiga que lhe havia emprestado a cobertura enquanto estava viajando. Cozinharam uma massa com camarão na manteiga, beberam vinho de uva verde portuguesa e depois foram olhar o céu do terraço. O apartamento ficava em um lugar onde os aviões mudavam de rota para descer. Era possível ver o movimento das asas vindo em linha reta no céu escuro e em seguida fazendo uma curva e virando totalmente à direita para descer no aeroporto.

Transaram ali mesmo no terraço, em cima do sofá, pela primeira vez. Joaquín era o décimo cara com quem ela transava na Espanha. Na época, Helena considerava dez um bom número. Gostava da presença delicada dele – era um homem gentil e inteligente que gostava de falar da floresta e dos animais. Estava tão preocupada com o filme e o projeto que simplesmente enroscava seu corpo no dele sem pensar. Quando lembrava que sua jornada em Barcelona poderia chegar ao fim em poucos dias e ainda era uma mulher sem um orgasmo, pensava que poderia dar algo muito valioso de si para poder sentir isso uma vez na vida. Mas nem sabia o que podia dar em troca. "É justo oferecer minha mão, um braço, uma perna em troca de um orgasmo? Que maluquice", pensava. "O que as pessoas são capazes de fazer para ter o que desejam?"

Faltava menos de um mês para ela apresentar o projeto no *pitching* quando Joaquín a convidou para passar o fim de semana na casa de um amigo espanhol, que por sinal já havia morado no Brasil e falava português. Joaquín vivia com pouco dinheiro e levava uma vida simples, mas tinha amigos com casas estupendas. A casa do amigo era uma mansão à beira-mar com piscina aquecida, em uma cidade próxima de Barcelona, Cadaqués.

À tarde, Helena colocou um biquíni vermelho e se deitou ao lado da piscina para tomar sol enquanto bebia um *mojito*. À noite se reuniram para fazer uma *tortilla de papas*. Helena, com um copo de vinho na mão, os acompanhava, queria aprender. O amigo disse que não tinha segredo, bastava fritar rodelas de batata em azeite de oliva e depois bater alguns ovos em uma tigela e despejar em cima, temperar com sal e pimenta. Comeram com fatias de *jamón crudo y pan*. Ela contou que tinha comido gaspacho naquela semana. O amigo explicou que havia uma diferença sutil entre gaspacho e *salmorejo*.

– *Pero que hay, hay* – ele dizia.

Joaquín sabia que Helena tinha experimentado haxixe e maconha e perguntou se ela queria cheirar cocaína com eles, a procedência era boa e ela estaria protegida nessa casa, com pessoas de confiança. Não lembrou na hora que naquela noite já tinha fumado haxixe, bebido *mojito* e usado LSD, também pela primeira vez. De olhos bem abertos, sentiu o pó ardendo primeiro em uma narina e depois na outra.

Cantou a noite inteira o refrão da música "Felicidade" de Tom Jobim – "*Tristeza não tem fim, felicidade sim*". Conversaram sobre o projeto e o filme, e tentaram pensar juntos o que poderiam fazer para que ela permanecesse na Espanha. Para o amigo que cedeu a casa, parecia que ela estava apaixonada por Joaquín e por isso queria ficar. Helena contou várias histórias da Vila dos Hoffmann que interrompeu de propósito nos momentos mais tensos, como uma Sherazade que precisava evitar o fim para poder existir um pouco mais. O dia já estava amanhecendo e ela queria ir à praia ver se havia tartarugas voltando para o mar. Acordou doze horas depois e agradeceu por estar viva. Ela e Joaquín terminaram ali mesmo a aventura recém-começada, mas continuaram se falando por e-mail. Helena decidiu que nunca mais usaria cocaína, não queria nada interferindo nos planos dela.

Isabel e Helena já tinham alguns cortes do filme, mas não estava terminado. Helena pediu a ela que gravasse três minutos do material para ela apresentar na banca, e assim ela fez. O orientador de Helena dizia que o projeto era incrível, diferente de todos, que ela era a candidata mais forte.

Depois da apresentação, os alunos ficaram do lado de fora esperando o resultado. Foram minutos que parecerem horas. Um filme acelerado passou pela cabeça dela – a infância na vila, a saída de lá, os anos em Curitiba, até chegar ao agora, em Barcelona, do outro lado do mundo. Ela finalmente tinha atravessado o oceano Atlântico. Queria ter aproveitado mais, chorado menos, ter tido menos medo. Queria uma chance para permanecer, era o que pensava.

Todos foram chamados, e o projeto ganhador foi o do colega de apartamento, Martín, que tratava de impostos portuários.

"¡*Mierda!* Trocaram ayahuasca por navios?", Helena gostaria de ter dito, mas foi educada e cumprimentou o amigo. Em seguida foi ao banheiro e começou a chorar. Era a sentença de volta ao Brasil e o retorno à sua vida anterior. Mas que vida a aguardava? Pensava que mesmo que voltasse podia continuar seu projeto sobre ayahuasca e terminar com Miguel. Mas nem essa versão da realidade lhe agradava mais. De maneira alguma queria voltar.

O professor lhe deu um tapinha de consolo nas costas, dizendo que o povo espanhol é muito conservador e que ela não tinha dado sorte com a banca, mas que deveria continuar batalhando pelo projeto. Helena ainda precisava entregar o filme a Carmencita, era o acordo. Isabel começou a trabalhar em um novo projeto e combinou com ela que enviaria um arquivo pela internet assim que ela chegasse ao Brasil para aprovação do corte.

Faltavam exatamente três semanas para o voo de volta, quando Helena combinou de dormir na casa de Danny, uma colega equatoriana que vivia em Barcelona. Aconteceria a tradicional *festa de San Juan*, uma espécie de Ano-Novo para os espanhóis que marca a chegada do verão. Eles se reúnem na praia, soltam fogos de artifício e fazem fogueiras nas ruas para queimar móveis que não querem mais.

Danny e Helena combinaram que não ficariam com ninguém nesse dia para curtirem juntas a festa. Antes de sair de casa, a equatoriana preparou uma bebida louca. Em um garrafão de cinco litros misturou suco de laranja, refrigerante e pisco. Com a bebida nas mãos, as duas e mais um grupo de latinos desceram a rua em direção a Barceloneta.

Depois de um tempo, Danny desapareceu, Helena ficou sozinha e um jovem se aproximou. Disse que era colombiano e que trabalhava como diretor de arte no cinema. Conversando, descobriu que ele também tentou a bolsa de estudos que ela ganhou. Depois de muitos copos de bebida louca na cabeça, deitaram-se na areia para se beijar, e por pouco não transaram ali mesmo diante das pessoas, se bem que ele enfiou a mão dentro do biquíni dela na frente de todos.

Pablo estava de passagem por Barcelona, em poucos dias iria viver em Berlim. Os dois foram juntos para o apartamento de Terrassa e se alternaram entre dias em Terrassa e Barceloneta para comer sanduíches, tomar vinho e conversar sobre seus países de origem. Helena lhe ensinou a palavra "*mogollón*", que para os espanhóis significa montão. Ele contou da tara por japonesas e também da sua história com drogas, já tinha sido internado algumas vezes.

Antes de voltarem a Terrassa depois de uma manhã na praia, Pablo a levou ao apartamento que dividia com os amigos em Barcelona para trocar de roupa. Vestiu uma camisa branca limpa, enrolou as mangas e a colocou por cima da bermuda preta. Perguntou se não parecia *una marica*. Helena riu e balançou a cabeça indicando que não.

– Quando eu era adolescente, como as meninas não queriam transar, eu comia os meninos.

– Tudo bem – respondeu Helena. – Não faz diferença pra mim.

Eles estavam prestes a sair de casa quando Miguel ligou. Nessa época ela já tinha comprado um celular com o dinheiro que ganhou no café dos peruanos e só aceitava ligações. Economizava não telefonando para as pessoas. Ela atendeu normalmente, disse que estava na casa de Danny. Pablo já sabia que

Helena tinha um namorado no Brasil. Após desligar, Helena escutou uma palavra que nunca tinha ouvido antes, mas pelo tom entendeu que não era boa:

– *Vete* – ele disse. Vai embora.

– Tudo bem – respondeu Helena.

Não era esse o plano para aquele dia, mas decidiu caminhar pelas ruas de Barcelona sozinha para ir se despedindo antes de voltar a Terrassa. Em uma rua deu de cara com a parada gay e por um tempo se misturou a ela. Ao descer do trem no fim do dia, viu que Pablo havia mandado várias mensagens se desculpando e dizendo que estava gostando muito dela, que era *hermosa* e que sentiu ciúme.

– Pensei que você gostava mais das japonesas.

– *No, me gustas tú*.

– Tudo bem, vem pra cá – disse Helena.

Pablo foi a Terrassa e durante três dias só saíram do quarto para tomar banho e comer. Helena e Pablo tinham um mundo para compartilhar. Nunca Helena tinha ficado tão confortável com seu corpo e suas histórias diante de alguém. O orgasmo não tinha vindo, mas nem pensava nisso, adorava transar com ele e encher sua moral, dizendo que era o maior pau que ela já tinha visto, o que não era mentira.

– Vem comigo pra Alemanha.

– Não tenho dinheiro, Pablo.

– A gente trabalha.

– Mas e o visto?

– A gente fica ilegal. A gente pula todas as catracas de trem, de metrô. Seremos os sonhadores na Alemanha. – Pablo falava do filme de Bertolucci.

– É? E quem será a terceira pessoa? Nunca fiz *ménage*.

– Não sei, podemos conhecer em Berlim – ele piscava para Helena. – Vem comigo. *Te extraño*.

No Brasil, o namorado e a família estavam contando os dias para a volta dela. A mãe disse que fariam churrasco de costela, maionese de batata, pernil assado, bolachas pintadas, sopa de massinha e o que mais ela tivesse vontade de comer.

Eram quase onze da manhã quando alguém bateu à porta do quarto em que dormia com Pablo, em Terrassa. Era Martín com a dona do apartamento. Helena saiu, e Pablo permaneceu dormindo. A proprietária estava enfurecida, fazendo vistoria e alegando que eles haviam destruído o imóvel. Helena tinha entrado no apartamento fazia pouco tempo e tentava explicar que não sabia de algumas regras. A proprietária lhe disse que não era permitido levar alguém para dormir lá.

– Eu não sabia.

– Vocês não podem mudar os móveis do quarto de lugar.

– Eu não sabia – Helena repetiu. Até que a proprietária se virou e disse gritando:

– *Tu eres la que no sabe nada*.

Ao final, a proprietária apresentou uma conta além do aluguel pelos reparos e disse que Pablo não poderia mais permanecer como inquilino. Faltavam quatro dias para o voo de Helena, e Pablo emprestou um quarto de uma amiga colombiana que fazia mestrado na Espanha para eles ficarem juntos. Era um cômodo com uma cama de casal nova e um colchão embalado em um plástico onde eles faziam contorcionismo para não fazer barulho ao transarem. Nunca lhe ocorreu perguntar por que a mulher não tirava o plástico do colchão.

Helena pensava em continuar na Espanha, mas teria que ficar trabalhando ilegalmente em um café. No Brasil imaginava que poderia dar continuidade ao projeto da ayahuasca ou mesmo conseguir um trabalho em uma ONG. Queria namorar Pablo, mas ele já tinha sido viciado em cocaína e contou que havia perdido o pai na Colômbia por tráfico de drogas. Ela ainda pensava na ironia de o nome dele ser Pablo.

O colombiano parecia ser ao mesmo tempo a luz e a sombra, ela se via nele e tinha medo de se perder em experiências com sexo e drogas. Tinha feito um planejamento de intenções para uma vida bem-sucedida. O trabalho era a coisa mais importante para ela. Não queria ficar igual à avó e à mãe.

No último sábado, Helena e Pablo saíram para passear pelas ruas de Barcelona e ele parou em frente a uma igreja com pouca movimentação.

– *¿Puedes darme una mamada?*
– *¿Mamada en el pecho?* – perguntou Helena.
– *Pero yo no tengo pecho.*

Rindo, Helena entendeu que ele queria uma chupada em público. Ele levou a mão dela a sua calça, ajudou-a a abrir o zíper e ficou cuidando para ver se não vinha ninguém.

– Você quer que eu seja presa em Barcelona, é isso?
– *No. Quiero vivir contigo en todas las calles del mundo, eres hermosa.*

Faltavam dois dias para ela embarcar e só enxergava duas opções: fazer a mala e voltar ao Brasil ou seguir ilegalmente com Pablo para Berlim. Se tivesse um pouco mais de dinheiro, um visto estendido e talvez um pouco de coragem, não teria voltado. Pablo a ajudou a levar a mala ao aeroporto. Os dois

choraram abraçados. Antes mesmo de passar pelo controle de segurança, disse-lhe uma última vez:
– Saudades *mogollón*.

Simulação 3

I.

Havia um rio dentro de Helena, não o lago de carpas barrento que ficava ao lado de sua casa, mas o que havia passado por cima de tudo na vila dos pais. Esperava que com o tempo algumas imagens descessem para o fundo do lago e se acoplassem ao barro, permanecendo apenas nas fuças das carpas que gostam de cavoucar a lama ou no estômago de quem as devora.

Dormiu praticamente catorze horas na volta ao Brasil, tudo o que não tinha dormido nos últimos dois dias em Barcelona. Não havia dúvida de que queria trabalhar com projetos internacionais e agora, de volta ao país, faria o que deveria ter feito havia muito tempo: ser honesta com os sentimentos dela e os de Miguel, e terminar de uma vez por todas.

Vestido com um terno xadrez e camisa branca, Miguel segurava um ramalhete de rosas no saguão do aeroporto. Cobriu a cabeça de Helena de beijos e envolveu o corpo dela com um abraço apertado. Filho único, estava acompanhado dos pais, que seguravam um cartaz de "seja bem-vinda". Antes de pararem para almoçar, ele disse que a levaria a um lugar-surpresa. Os pais foram direto para a casa deles.

Pela janela do carro, Helena colocou a cabeça para fora como um cachorro em busca de ar. Tudo parecia diferente de quando saiu – as casas, o cheiro que vinha do zoológico próximo ao aeroporto, o canto dos pássaros que se misturavam aos ruídos da construção civil. Chegaram ao motel.

– Por que você quer que eu tome banho?
– Para relaxar. Passou tantas horas no voo – disse Miguel.
– Tá certo, vou fazer isso – respondeu Helena.

Demorou um pouco mais do que normalmente. Queria não pensar por alguns minutos, sentir a água morna caindo em cima dos músculos tensionados mesmo não gostando de desperdiçar tanta água.

Ela pulou sem roupa na cama e já entrou embaixo dos lençóis. Beijaram-se. Estava com saudade da voz rouca dele e do abraço quente. Com Miguel, o corpo de Helena ficava em estado de alerta, tinha receio de que ele falasse ou fizesse algo de supetão. Uma vez ele dissera para beijá-lo direito, como alguém que paga uma prostituta e exige que ela aja de uma forma específica.

– Tô com saudades dessa boca no meu pau.

Helena deslizou o corpo dela para baixo dos lençóis para chupá-lo. Depois de um tempo colocou a cabeça para fora.

– Me chupa também?
– Você sabe que não gosto, o cheiro não é bom – Miguel respondeu.

"Não é bom." "Não é bom." "Não é bom." A frase começou a ecoar na cabeça de Helena. Ele continuava igual, pensou. Ela não queria viver mais nada que lhe aprisionasse os sentidos nem se sentir culpada por ter uma vagina com cheiro.

Tomou a iniciativa de virar a bunda para ele. Era melhor não ficar de frente, como alguém que será morto e obedece ao assassino, que pede para a pessoa virar de costas. Olhando a parede, lembrou-se do dia em que estava na praia com Pablo tomando vinho, comendo *bocadillo* e falando de Hemingway.

Mas a imagem dele logo ficou borrada e foi substituída pelas ondas do mar que vinham até a borda da praia e se quebravam. Era melhor não pensar em Pablo. Miguel gozou.

– Vem cá, no meu peito. Que saudades. Agora você não foge mais de mim.

Helena se deitou no peito dele e teve vontade de chorar, mas se fizesse isso teria que se explicar. Levantou-se de forma abrupta.

– Ei, aonde você vai?

– No banheiro – disse, tentando sorrir.

Limpou com papel higiênico o esperma que pingava da vulva e em seguida jogou um pouco de água no rosto pálido. Olhou para a imagem refletida no espelho.

Saíram do motel e no trajeto ela continuou olhando a paisagem com a cabeça para fora do carro. Lembrou-se do vento frio da Espanha que no início a fazia chorar. Do calor absurdo do mês de julho que a fazia sorrir. As árvores no Brasil eram muito verdes, constatava.

Pararam para almoçar em uma churrascaria. Sentia falta de comer galeto com maionese de batata e farofa de ovo. Se estava ansiosa, comia mais. Se estava triste, comia menos. Esses dois sentimentos ela sabia diferenciar. Antes de partir achava a cidade bonita, mas agora o lugar parecia ter perdido a cor, como uma peça de roupa que desbota logo após a primeira lavagem.

Depois do almoço, Helena e Miguel foram para o escritório dele, uma loja de produtos para pets. Na mesma noite ela viajaria para Rio Azul. Ligou para Eva e ficou sabendo que ela estava morando com o namorado no apartamento que havia sido delas e que continuava locado no seu nome.

Helena permaneceria uma semana na casa dos pais, e Miguel se ofereceu para levá-la. Esperava ter uma conversa franca com ele quando chegassem. Durante a viagem ele podia ficar nervoso e acelerar o carro de repente. Ou mesmo jogá-lo contra uma carreta.

No caminho para Rio Azul pararam na entrada para a Nova Vila dos Hoffmann. Sem postes de iluminação, era um bom lugar para contemplar as estrelas. Os dois ficaram encostados na porta do carro. Miguel deu a mão para ela. O que se passava na cabeça dele? Ele também não tinha certeza? Por que tinha dificuldade de terminar com ele? Com os outros era fácil.

Helena olhou para a placa. Depois de mais de dez anos, as marcas de bala do revólver de Bento, seu primeiro namorado, continuavam lá. Em silêncio, contemplou a placa e depois o céu estrelado.

Os dois sempre combinaram no jeito de viajar. Dois anos antes de Barcelona, compraram juntos uma passagem para Maceió às nove da manhã, e às cinco da tarde já estavam lá tomando uma cerveja à beira-mar. Quando se mudou para Curitiba, os dois saíam de madrugada para ir à cidade dela e durante o trajeto ficavam conversando sem parar por três horas. Com o passar dos anos, o ruído da permanência foi se instalando.

Eva disse que se sentia incomodada com a presença de Miguel porque ele nunca deixava Helena dar uma opinião.

– Por que você está me dizendo isso só agora!?
– Tentei te dizer antes, guria.

Miguel deixou Helena em Rio Azul e voltou para Curitiba, precisava tocar a empresa. Disse que voltaria no fim de semana seguinte. Helena não conseguiu terminar com ele em Rio Azul, como previa. Decidiu esperar até que voltassem juntos para a capital, ou corria o risco de ouvir sermão da família. Não sabia, mas quando estava na casa dos pais ela reencontrava a personagem da infância – a menina boa.

A mãe parecia ter envelhecido bastante no período em que Helena ficou fora. Maria lhe contou que ela andava doente nos últimos meses. Estava com a pressão alta, com problema no ciático, nos rins, na bexiga e não se sabe mais no quê. Os órgãos de sua mãe frequentemente tentavam declarar falência desde que Helena era pequena. Matheus continuava trabalhando com o pai e vivendo na casa com eles. Era ele quem dirigia o caminhão para entregar as verduras. Agora eles viajavam até uma distância de cem quilômetros dali fazendo as entregas.

– E as gatinhas, Matheus?

Helena tentava conversar, ele abaixava a cabeça e ria nervoso.

– Já falei que precisa sair mais. É bom que cuide de nós, mas precisa também de um cobertor de orelha – dizia a mãe.

Da casa dos pais, enviou currículos para empresas e entrou em contato com a antiga chefe, Miriam. A vaga que um dia fora dela estava ocupada.

A mãe dizia que ela precisava visitar o pessoal da cidade. Helena não tinha vontade de sair de casa, mas foi dar uma volta na rua, quando deparou com Maritza, filha da professora Heloísa, que estava dentro de uma loja comprando uma calça para o filho de três anos. Maritza elogiou a beleza de Helena e contou que o marido dela trabalhava na prefeitura.

– Sinto muito pela sua mãe, queria ter estado aqui.

– Ela dizia que você era como uma filha pra ela.

– Dizia? – perguntou Helena.

Maritza correu para pegar o menino pelo braço antes que ele saísse para a rua.

– Você concluiu o curso de pedagogia? – Helena quis saber. Quando Helena fora embora, Maritza queria ser professora como a mãe.

– Não, engravidei. Também não queria ser professora, está bom assim. Vai ver que ter filho é a melhor coisa que pode te acontecer. Tua mãe contou que você estava na Espanha, deve ter sido incrível. Eu tinha vontade de conhecer outros países.

– Tinha? – Helena se arrependeu de ter começado a frase assim. – Foi legal – finalizou.

Antes de ir, Maritza a convidou para visitar a casa dela.

– Não vai dar dessa vez, estou esperando uma resposta de emprego. Devo partir antes mesmo de domingo.

Helena voltou rápido para casa para fazer o jantar. O pai contou que fazia muito tempo que não chovia, o rio tinha baixado mais de cinquenta metros. Isso acontecia raramente. Era a segunda vez que era possível, em 25 anos, ver o local onde ficava a casa deles na antiga Vila dos Hoffmann. Quando a mãe chegou, a filha falou entusiasmada que os três podiam visitar a antiga vila. A mãe só fez que não com a cabeça.

– Pra que mexer nisso?

– A Maria disse que você andava muito doente – emendou Helena.

A mãe apenas olhou enviesado para o pai e ele tratou de sair da cozinha.

O jantar estava pronto, mas Helena não comeria com eles. Márcio, o irmão que tinha casado com Fernanda, iria oferecer um jantar de boas-vindas na casa dele. Estava orgulhoso da irmã que tinha ido para a Europa. Convidou Matheus para ir junto, mas ele já tinha se recolhido para o quarto.

– Ele dorme com as galinhas – reiterava a mãe.

A caminho da casa de Márcio, Helena reparou que a cidade permanecia igual. Os mesmos tipos de loja – aliás, havia muitos comércios iguais porque era fácil um copiar o negócio do outro –, casas aleatórias pintadas nas mesmas cores. Depois de subir uma montanha inteira, chegou à casa de madeira azul royal com um chorão no pátio. Lembrou-se das ruas dos chorões em Curitiba, sua árvore preferida.

O irmão guardou pinhão no freezer porque Helena disse que estava com vontade. Inventou também de fazer pinhão na chapa com bacon. A sobrinha Olívia tinha acabado de aprender a ler e trouxe os cadernos para a tia dar uma olhada.

– Quando eu crescer, tia, quero ser igual a você, que viaja pra outros países.

Os convidados chegaram e Márcio enrolou um baseado. Era a primeira vez que fazia isso na frente da irmã. Agora eles eram adultos, mas mesmo assim os papos repercutiam a superficialidade das conversas familiares nas cozinhas. Não passavam de perguntas genéricas sobre lugares turísticos da Espanha. Helena tinha vontade de falar de histórias que presenciara na infância, mas percebeu que ele não queria tocar no assunto. Priscilla também tinha saído de lá – estava estudando direito em Guarapuava. Maria já estava com três filhos, confessou que gostaria de ser cabeleireira, mas agora não teria tempo para estudar, nem dinheiro para abrir um salão. Permaneciam na cidade os irmãos com eme.

Os amigos de Márcio se retiraram cedo e ele foi dormir. Helena comemorou o fato de que estaria a sós com Fernanda. Sentia-se mais em casa ali do que na casa dos pais. Podia fumar na cozinha e falar o que pensava sem parecer uma esquisita.

Fernanda mesmo grávida se formou em letras e dava aula no mesmo colégio onde estudaram. Era aficionada por Ernest Hemingway. Disse que o escritor americano trabalhara como correspondente em Madri durante a guerra civil espanhola e frequentara muitos lugares na Europa.

– Você foi no bar do Hemingway em Barcelona?

– O Pablo foi – Helena respondeu.

– Pablo? Humm... *¿quién es Pablo, chica?*

– Preciso ganhar dinheiro, Fernanda, e voltar para lá. Vou terminar com Miguel.

– Faça isso logo, antes que seja tarde. Tem todo o meu apoio.

Helena não esperava essa resposta. Fernanda fizera faculdade e trabalhava, tinha uma filha. O que se escondia por trás daquele conselho, uma mensagem para Helena ou para ambas?

– Mas você não quis ir ao bar do Hemingway?

– Era muito caro. Preferi dar uma olhada da porta mesmo.

– Mas me conte tudo sobre Barcelona.

– Você ainda pensa em morar em uma ilha e ficar fumando maconha o dia todo?

– Não. Mas penso em outras coisas – disse Fernanda.

– Preciso te contar.

Um silêncio se instaurou na cozinha.

– Lembra da primeira vez que dormi na sua casa? Seu namorado foi de madrugada até o meu quarto com o pau para fora e tentou me beijar.

Fernanda tomou mais um gole de vinho.

– Sabe que eu achava mesmo que você ia um dia me falar algo assim, não sei por quê.

Enquanto a cunhada ficava pensando como alguém que quer decifrar mais coisas do seu passado, Helena voltou a falar.

– Ele se suicidou. Descobri em Barcelona que Hemingway se matou. Pelo menos já tinha 61 anos, havia publicado livros maravilhosos e foi apaixonado por uma mulher chamada Jane, em Cuba.

– Ele se apaixonou muitas vezes, amiga – complementou Fernanda. – O suicídio está em tudo que ele escreveu. O pai dele morreu assim. O meu pai, quando eu era pequena, tentou enfiar um sapo na minha boca, e não foi só isso que tentou enfiar no meu corpo – disse Fernanda, que já estava bastante embriagada e visitando memórias profundas.

Depois de a amiga dizer isso, a única coisa que ocorreu a Helena foi perguntar se podia dormir lá.

– Claro!

Os pais de Helena moravam agora em um lugar com muitas casas ao redor. Mesmo assim ela pensava que uma mão podia pegar no trinco da janela à noite, que os cachorros podiam latir e que algum homem poderia invadir a casa a qualquer momento, como a sensação que tinha quando ainda era uma criança na Nova Vila dos Hoffmann.

Miriam, a antiga chefe de Helena, pediu a ela que enviasse o currículo para uma empresa de uma colega que precisava de uma funcionária com seu perfil. Miguel viria no fim de semana e Helena acreditava que até lá já poderia terminar o namoro e recomeçar a vida de alguma maneira.

O pai ligou o caminhão na frente de casa e Helena embarcou. Iriam visitar a antiga Vila dos Hoffmann. Ela nunca tinha ido lá. A mãe permaneceu em casa. Matheus foi negociar a venda de pêssegos com um novo cliente. Passaram primeiro pela Nova Vila dos Hoffmann, onde Helena pôde olhar os vestígios do que fora a casa de infância. A grade do muro e o cômodo de alvenaria onde dormiam quando o pai não estava em casa. O campo de futebol. A escola. A bodega. Tudo continuava lá.

– Quer parar para ver? – o pai se referia à casa deles.

– Não – respondeu Helena.

Ela e o pai não conseguiam manter uma conversa muito longa como ela e a mãe.

– Matei cinco pombas ontem – ele contou.

– E o que vai fazer com as pombas, pai?

– Quero fazer um risoto pra você, como o que você comia quando era pequena. Matei pra você.

Helena só franzia a testa. Mesmo eles trocando poucas palavras, sentia que era mais fácil conversar com o pai do que com a mãe. Ficou pensando nisso durante o trajeto. Talvez para o pai a vida estivesse estabelecida. Ele era aquele sujeito que fazia determinadas coisas sem titubear. Já a mãe guardava águas velhas e profundas dentro de si, não estava totalmente de acordo com o sistema, mas fingia estar. Talvez este fosse o incômodo, estar diante de um corpo que padece, que se debate sem conseguir sair.

– E o Vicente casou? – Helena perguntou para quebrar o silêncio prolongado.

– Não, continua igual um bobo, olhando enviesado – disse o pai, referindo-se ao irmão de Nuno.

– Pai, não fala assim.

– É verdade.

Mais para a frente da bodega, estava a casa da avó paterna, que foi transferida de lugar depois que o tio desapareceu. A esposa do tio, que virou viúva, estava na janela e acenou em direção ao caminhão.

– Coitada, olha como está só osso – disse o pai.

– Ela casou de novo?

– Não. Ela acha que ele vai voltar.

Helena estava no segundo ano da faculdade quando Márcio ligou e disse que eles não queriam preocupá-la, mas que tio Milo tinha sumido.

– Como sumiu?

Milo era irmão do pai de Helena e vivia com a mulher no mesmo teto que a avó de Helena. Era tradição o mais novo ficar para cuidar dos mais velhos. O avô já tinha falecido. Toda noite, ao chegar da roça, ele bebia um copo de cachaça que atacava ainda mais o refluxo gástrico. Quando Helena era pequena, nos almoços de Natal, era esse tio que pegava a tobata e colocava todos os primos em cima para passearem pela estrada de terra. Ela se lembrava dele de bom humor, cuidando da vó Norma e chamando a mulher de benzinho.

Com o problema no estômago se agravando, foi fazer uma consulta e o encaminharam para uma cidade maior, Guarapuava. Foi internado imediatamente para fazer uma cirurgia. A gastrite tinha virado uma úlcera. Quando a mulher foi visitá-lo, disseram no hospital que ele tinha tido alta no dia anterior.

– Como, se não chegou em casa?

A tia ficou confusa com aquela informação inesperada. Ligou para o pai de Helena e as buscas começaram. Descobriram que, no dia anterior, Milo encontrou um morador de Rio Azul, chegou a pedir carona, mas como essa pessoa disse que só retornaria à tarde para a vila, ele não aceitou a carona, queria ir de manhã.

Chegaram à última pista e ao lugar de onde ele desapareceu para sempre. Ainda no dia anterior, no horário do almoço, ele foi a um bar com uma folha de cheque solta e, como estava sujo, a dona do estabelecimento chamou a polícia por achar que ele tinha roubado um talão. Quando os policiais chegaram, disse que não era bandido, era agricultor. Por fim, mandou tomarem no cu. Segundo a dona do bar, os policiais verificaram os documentos e foram embora. Em uma esquina a poucos metros do bar encontraram a jaqueta marrom que ele usava.

Sempre que Helena viajava por alguma rodovia, ficava olhando para ver se não encontrava tio Milo, mas para ela a hipótese mais provável era que ele tivesse morrido. Com a barriga recém-operada, havia tomado chutes dos policiais, que arrebentaram o estômago dele e depois esconderam o corpo.

Depois disso a casa da avó e da tia foi transferida de lugar. Fizeram um mutirão para desmontá-la e reerguê-la. Duas mulheres não podiam ficar sozinhas na colônia sem vizinhos por perto.

A verdadeira história só apareceria se um dia ele voltasse, e mesmo assim quem iria confirmar se era o relato verdadeiro? A avó paterna morreu seis meses depois sem saber o exato paradeiro do filho. Quando era pequena, Helena sentia falta do carinho dos avós. A mãe explicava:

– Não é com você, filha. Ela tem oitenta netos, não tem tempo para dar atenção a cada um.

O pai tinha dezoito irmãos, e pelo menos cada um teve cinco filhos, menos tio Milo, que não teve nenhum. O avô morreu quando Helena ainda era adolescente. Enquanto ela e o pai andavam de caminhão por aquelas ruas de terra, lembrou-se do avô deitado na cama com a perna amputada em função da diabetes. Ele não deixava os netos colherem ameixa vermelha do pé e jogou uma vez a urina do penico na cara da avó. Quando ele morreu, Helena não sentiu tristeza porque certamente a avó estaria melhor sem xixi na cara.

Pai e filha chegaram ao lugar de origem, a Vila dos Hoffmann. A verdadeira. O rio tinha alguns quilômetros de extensão e mais de cinquenta metros de profundidade. Mas o que aconteceu é que naquele lugar, em função da seca, um trecho do rio sumiu, só havia uma espécie de buraco com a terra toda craquelada. A vegetação estava nas bordas ao lado dessa faixa marrom. Algumas árvores que existiram na vila ainda estavam lá agarradas por um fio de raiz. Mais à frente e no horizonte era possível ver algum traço de água.

– Olha, filha, aqui era a nossa casa.

O pai pegou uma varinha de pau que encontrou por lá e começou a riscar o chão. Os quartos, a cozinha, a varanda: a planta da casa era idêntica à daquela em que morou na infância. Mostrou onde ficava a casa dos amigos, a igreja, a bodega, o cemitério.

– Pai, era um bom dinheiro a indenização?

– Quase nada. Foram tocando a gente daqui. A gente não sabia o que fazer. Uma tristeza, filha.

– É por isso que a mãe não gosta de vir ver?
– Ah, sei lá. Ela é estranha.

Helena nunca tinha ouvido o pai falar que a mãe era estranha e não conteve o riso.

Um dia aquele lugar tinha sido uma vila, agora era um caminho de terra sinuoso e em poucos meses se tornaria um rio de novo assim que voltasse a chover. O pai foi andar e Helena permaneceu ali onde hipoteticamente ficava a casa deles quando a mãe ainda estava grávida dela. Assim que o pai virou as costas, ela se deitou naquele solo. Estirou-se no chão e chacoalhou o corpo de um lado para o outro como um cachorro que tirava as próprias pulgas. Olhou para o céu azul e em seguida para as árvores mortas e ainda agarradas naquele terreno.

Quando o pai se aproximou, Helena levantou removendo os ciscos da roupa. Para o pai, aquele era um lugar de muitas lembranças, onde ele se casou e nasceram os filhos. Para Helena, era um lugar esteticamente interessante. Uma paisagem com terra seca e galhos de árvores fincados que, nas palavras de Joaquín, eram cinematográficos.

Na volta, sem perguntar a Helena, o pai parou na bodega e pediu uma gasosa para os dois. Vicente a reconheceu de imediato, ele parecia não ter envelhecido. Usava os mesmos óculos, tinha o corpo roliço e, como o pai mesmo dissera, ficava olhando as coisas com a cabeça torta.

– Você casou? – perguntou Vicente.
– Não.
– Mas já vai casar, está com o casamento marcado, né, filha?
– Não tá marcado – Helena o corrigiu.

– Sim, maneira de falar. Tá na hora, né, filha? Chega de ficar por aí saracoteando.

– E o Nuno? – perguntou Helena tentando mudar de assunto.

– Ah, esse não para. Comprou um caminhão novo, agora é caminhoneiro. Lembra quando – emendou Vicente – você fazia sopa de girinos e fingia que os girinos eram seus feijões? Um dia você trouxe eles aqui para vender.

– Não me lembro – disse Helena.

– Você e o Nuno aprontavam bastante – Vicente ria enquanto falava.

Nica tinha ido ao banco em Rio Azul. Helena olhou para a mesa onde ficava a mãe deles. Aquela mulher de cabelos cinza finos e de mãos rosadas atrofiadas que estava sempre sentada no mesmo lugar. A presença dela parecia estar por ali ainda. Vicente também olhou para aquele canto onde ela olhava.

Embarcaram no caminhão para voltar. Já estava quase no entardecer. Passando novamente pela casa de infância, Helena se lembrou da história que acontecera alguns anos antes com a irmã da professora, que tinha se afogado no lago deles.

– Pai, que aconteceu com a irmã da Heloísa?

– Morreu afogada ali.

– Maritza disse que ela se matou. Por quê?

– Mentira, conversa deles.

A professora Heloísa tinha duas irmãs, Maristela e Karen. Heloísa e Maristela já tinham morrido e não se sabia o paradeiro de Karen. Ela tinha fugido da vila aos quinze anos com um vendedor que fornecia produtos para a bodega. Naquela vila inteiramente branca não seria possível um casamento com uma pessoa negra. Helena tentava rastrear a vinda da família dela para o Brasil. O que percebia era que, em todas as gerações anteriores, os alemães se casaram entre si. Assim havia um rastro de sobrenomes alemães. Cullmann era o sobrenome do pai. Schmidt, o da mãe. Muller, Weber, Wagner, Beck.

Quando chegou em casa, Miguel a esperava. Chegara de surpresa antes do dia previsto. Trouxe de presente um saco de castanha-do-pará e uma blusa de gola alta. Helena perguntou se a antiga chefe dela havia telefonado. A mãe disse que não.

Miguel ficou com o pai na cozinha, enquanto Helena e a mãe foram se deitar na cama para assistir novela. Costumavam fazer isso antes de ela se mudar para Curitiba.

– Mãe, quero saber desde quando está doente.
– Agora não, amanhã te conto.

Depois de um tempo, a mãe sussurrou:
– Fecha a porta.

Helena foi fechar a porta e voltou para debaixo das cobertas.

– Estava um dia fazendo as unhas quando uma mulher lá da Nova Vila dos Hoffmann olhou para mim e disse: "e aquele caco do seu marido, já melhorou?". Eu quase tive um treco. Não perguntei nada porque o salão estava cheio, saí de lá e fui atrás dela.

Alguém bateu à porta.
– Posso entrar?

Miguel estava acompanhado do pai dela e carregavam quatro copos. Helena olhou para ele, tentando entender. Quatro taças e um espumante.

– Já pedi sua mão em casamento. Olha que maravilhoso seu futuro marido, trouxe até espumante! – falava Miguel, elogiando a si próprio.

– Não sabia que ainda se pedia a mão de uma mulher em casamento – disse Helena.

– Ei – o pai a advertiu, como que dizendo para ela ficar quieta.

Helena pegou o copo e, sem olhar para ninguém, brindaram. Os homens estavam em pé e as mulheres, sentadas na cama. Helena virou a taça em um gole e devolveu o copo. Pensou que aquilo não significava um casamento e que, retornando a Curitiba, colocaria fim àquela palhaçada. Como estava na casa dos pais, trataria de aguentar a situação, talvez pedisse um conselho à mãe.

Helena deu um beijo em Miguel e os dispensou, porque estava curiosa para escutar a mãe.

– Depois eu vou lá com vocês – disse a Miguel.

Fechou a porta e voltou para a cama.

– Fui atrás dela e ela disse: "Você não sabe que ele tem um monte de amantes por aí? Andou saindo até com a irmã da Heloísa, coitada. Deve ser por isso que ela se matou no açude de vocês".

Um vidro se quebrou na novela e ambas viraram o rosto para a tela.

– Mas, mãe – continuou Helena sem desviar os olhos da televisão —, aquela vez que o Mário disse que o pai tinha amantes, eu era pequena, mas escutei.

– Fui atrás, mas não descobri nada na época. Perguntei pra ele, mas seu pai negou. Agora, depois de eu quebrar todos os pratos dizendo que ia me separar se ele não contasse a verdade, ele confessou – disse a mãe.

– E a separação vai ser quando?

– O que uma velha igual a mim vai fazer sozinha, Helena?

– Você tem 52 anos, mãe. Estou pensando em terminar com o Miguel – falou de supetão.

– Tá brincando, né? – A mãe olhou para a porta como se quisesse lembrá-la do que tinha acabado de acontecer. – Homem é tudo igual, minha filha, você só vai trocar um pelo outro, confia em mim que sou mais velha e tenho experiência.

Helena saiu da cama da mãe e foi se deitar com Miguel no quarto em que dormia quando ainda era adolescente. Não entendeu por que a mãe lhe contou essa história. Ele já estava dormindo. Ficou ainda um tempo acordada, olhando para ele sem conseguir pegar no sono.

Na manhã seguinte ligou para a antiga chefe, mas a vaga tinha sido preenchida por outra pessoa. Sem dinheiro, não tinha outra escolha a não ser ficar ali por mais um tempo. Miguel foi embora, mas se ofereceu para enviar o currículo dela para alguns amigos empresários.

Passados alguns dias, Helena se levantou com enxaqueca. À noite foi tomar um vinho na casa de Fernanda. A cunhada como sempre queria saber muitas coisas de Barcelona e também não parava de falar de *O velho e o mar*.

– Quer algum livro emprestado? – perguntou Fernanda. – Sei que você adora ler.

– Não.

Fernanda preparou um macarrão caseiro com molho de tomate e linguiça. Assim que começou a comer, Helena sentiu enjoo e correu para o banheiro.

– Desculpa, estou ansiosa e quando isso acontece eu tenho enxaqueca e vômito – disse Helena.

– Não é gravidez, não? – a cunhada brincou.

– Não. Algum juízo ainda tenho. Posso dormir aqui de novo?

– Claro – respondeu Fernanda.

Helena estava deitada na cama, ainda enjoada, quando Fernanda se sentou ao lado dela e disse que pensava em cursar outra faculdade.

– Pensei que gostasse de literatura.

– Gosto, mas quero fazer enfermagem. Adoro cuidar das pessoas e meus pais estão ficando velhos. Precisamos fazer nossa parte, cuidar deles.

– Eu não penso assim.

Mesmo Helena tendo dito que não queria ler, Fernanda deixou *A metamorfose*, de Kafka, em cima da cama. Helena estava agitada, não conseguia dormir, lembrava-se de Pablo. Sentia que os pés formigavam e que a qualquer instante podia virar um baiacu e sair voando. Leu até o amanhecer. Gregor Samsa acordando e lidando com o novo corpo e depois com o patrão. A imagem dele morrendo como uma barata no próprio quarto era para ela a mais chocante.

Fernanda escutou quando Helena acordou e gritou do quarto pela cunhada:

– Você pode comprar um teste para mim? Sabe como é, se eu for comprar vão começar a falar.

– Mas, se eu for, vão espalhar que a grávida sou eu. Se bem que não tem problema, eu sou casada – disse Fernanda. – Vou passar no colégio para pegar um material antes, vem comigo?

Helena titubeou por um momento, mas foi. Não tinha nada para fazer. Fernanda pegou a chave para mostrar a sala em que elas estudaram juntas.

– Não me esqueço quando entrou aquele professor de química que não era bom, né, amiga, e você incitou os alunos a virarem as carteiras de costas como protesto. Agora que sou professora, penso mais nisso.

– Coitado – disse Helena.

– Desde aquela época você já era anarquista.

Helena só ergueu as sobrancelhas, estava pálida, com as costas arqueadas e bafo de vômito. Antes de saírem da escola, encontraram Eleonora, uma antiga professora de literatura que estava prestes a se aposentar. O marido tinha ficado muito doente. As duas se abraçaram, fazia anos que não se viam.

– Que orgulho dessa minha aluna que foi para outro continente! – disse a professora.

Helena voltou para o carro e Fernanda atravessou a rua para ir à farmácia. Enquanto esperava, viu o ex-namorado da cunhada passar com uma mulher e dois filhos pequenos. Ele olhou para Helena de relance e depois para a própria mulher.

– Que saudades que eu estava da Eleonora – disse Helena.

– Essa sim está passando um mau bocado. Depois te conto – falou Fernanda.

Chegaram em casa e Fernanda tirou da bolsa dois testes de gravidez.

– Você vai nesse e eu vou no outro banheiro.

Helena ficou olhando para a amiga esperando uma explicação.

– Pois é, está atrasada... e já aproveito.

Fernanda voltou para a cozinha comemorando, não estava grávida.

– Deu positivo – disse Helena. – Vou ter que fazer igual ao Hemingway. Com a diferença de que não vivi nem um terço das histórias que ele viveu.

– Ei, calma. Vamos beber pra esquecer por hoje amiga, e aí amanhã a gente pensa o que fazer.

– O que fazer? Nem na pior das histórias eu me imaginaria morando de novo nessa cidade, sem emprego e grávida. Eu tomo anticoncepcional, Fernanda. Pode ter saído errado, não pode?

– Calma, a gente vai dar um jeito, Helena.

– Não conta para ninguém, nem para o meu irmão – pediu.

Em casa, a mãe percebeu que Helena estava mais pálida do que nos últimos dias. Lembrou-se do que a mãe dela sempre dizia: "a vida só vai mal para aqueles que não rezam o suficiente".

– É tão bom quando você está aqui, não pensa em ficar? – disse a mãe.

– Quê? E a minha faculdade, minha ida a Barcelona, foi para nada? – argumentou Helena.

– Ah, Miguel pode montar um negócio de pet aqui, vocês casam e ficam perto da gente. Posso inclusive te ajudar a cuidar dos filhos.

– Que filho, mãe?

– Os que você vai ter com ele. Quando você e a Priscilla dormem aqui, sinto que todos os meus filhos estão protegidos.

– Nem pensar. Desculpa, mãe, mas saí daqui para não voltar.

– Credo! Rio Azul não é tão ruim assim.

– Não, né? Os vizinhos sabem de tudo, vêm fofocar na sua janela.

– Não sabem de tudo.

A mãe se aquietou. Depois de uma pausa, disse que Helena precisava ir também à casa de Mário e à de Maria, senão eles ficariam chateados e se sentindo excluídos, já que ela não saía da casa de Márcio.

Helena ligou para Miriam, que era uma espécie de professora Heloísa, e contou que estava grávida. Ela disse que poderia ir com ela a uma clínica de aborto, caso quisesse.

Naquela noite Helena acordou da mesma forma como acordava no quarto dela em Terrassa. Levantou tropeçando e apalpando as paredes no escuro para acender a luz. Estava sem ar. Quando conseguiu acender o interruptor, pôde olhar em volta e lembrar: "sou Helena e estou grávida". Não conseguiu mais dormir. Escutou os cachorros latindo, os passos do irmão no telhado, e lhe veio a lembrança de ir dormir com a mãe e os irmãos com a espingarda debaixo da cama no único cômodo de alvenaria da casa. Tentou rezar, mas as orações tinham fugido da sua cabeça.

Levantou-se cedo junto com a mãe por volta das seis da manhã. Perguntou se ela poderia emprestar um dinheiro para ela voltar a Curitiba e procurar emprego. Acrescentou que estando lá seria mais fácil.

– O que seria um bom dinheiro, Helena?
– Cinco mil reais já me ajudariam a começar.
– Não é justo.
– O que não é justo, mãe?
– Só poderia emprestar cinco mil reais para você se eu emprestasse cinco mil reais para cada filho, e eu não tenho 30 mil reais.
– Mas você sabe se eles estão precisando? Eu estou.

– Não é justo. Eu paguei metade da sua faculdade. Você tinha um bom emprego, chutou tudo para se aventurar em Barcelona – a mãe se repetiu.

Helena mal se despediu da mãe; pegou a mochila e foi até a casa de Fernanda.

– Achei que Maria tinha seguido o ciclo da minha mãe, engravidado jovem.

– Interrompa seu destino, e não será o mesmo ciclo – disse Fernanda.

Helena pediu a ela que lhe pagasse uma passagem de ônibus de Rio Azul para Curitiba. Queria voltar também para finalizar o filme sobre xamanismo com Isabel, que poderia ajudá-la a abrir alguma frente de trabalho.

No caminho, a única coisa bela que viu na estrada foi o verde das árvores que não paravam de passar diante de seus olhos na janela. Teve vontade de pedir ao motorista que parasse, de sair correndo para entrar em uma floresta e nunca mais voltar.

II.

Durante o trajeto de Rio Azul a Curitiba, ainda que tivesse algo que a preocupasse, Helena não parou de pensar na professora Eleonora. Quando contou a Fernanda sobre o que o ex-namorado dela tinha feito, a amiga disse que de alguma forma sabia. Por que nenhuma das duas tinha falado sobre isso antes?

Eleonora era casada com um homem bastante charmoso e todo mundo sabia que ele dava em cima de outras mulheres. Menos Eleonora, claro. Ele desenvolveu uma doença de nome peculiar chamada ELA. Os sintomas eram parecidos com a enfermidade da mãe de Nuno, mas piores. Fernanda explicou que as células nervosas se quebravam e isso reduzia a funcionalidade dos músculos. Em poucos anos, a ELA atrofiava todos os músculos até deixar a pessoa totalmente imobilizada. "Imobilizada, mas consciente", pensava Helena.

Ele tinha recebido o diagnóstico fazia um ano, e Eleonora pediu licença da escola para cuidar do marido. Alguns meses depois, ainda antes de perder a fala, o marido insistiu para uma determinada mulher ser a enfermeira dele. Todo mundo sabia que era a amante, menos Eleonora.

Quando a mulher já estava instalada dentro de casa com um quarto para si, o marido pediu para dormir com a amante. Fez também a esposa comprar camisolas e presente no aniversário dela. Enquanto o marido era tratado da doença, Eleonora começou a tomar remédios psiquiátricos. Em seguida, vieram à tona histórias de outras mulheres com que ele se relacionava na cidade. Como a mãe de Helena, um dia Eleonora descobriu que não era a única mulher do marido. Essas mulheres juraram em escrituras e diante de seus deuses que teriam só um parceiro, optando por um regime monogâmico. Os maridos também juraram, mas a diferença é que nunca cumpriram o acordo.

Chegando à rodoviária de Curitiba com cem reais no bolso para pegar um táxi, Helena foi direto para o escritório de Miguel.

– Sou eu que faço surpresas para você, meu amor – ele disse ao encontrá-la na porta do escritório.

– Sim, mas agora eu vim fazer uma *grande* surpresa – Helena falou num tom irônico. – Estou grávida. – Mal as palavras saíram de sua boca e ela desabou no choro.

– Ei, que foi? Eu estou com você. É a melhor notícia que você podia me dar.

– É mesmo? Você quer ter um filho comigo?

– Você não quer?

– Quero, mas também quero trabalhar.

– Calma, já já você consegue se estabelecer de novo. Mal chegou de volta, quer o quê?

Miguel a abraçou forte. Helena se lembrou da última vez que tinham tentado morar juntos. Ele dera um soco na perna dela e jogara um pote de iogurte na parede porque ela tinha doado os pães à diarista.

Na sequência, ele tratou de comprar um apartamento próximo à loja e à casa dos pais. Fazia tempo que a mãe dele queria ser avó e lhe pedia um neto. Helena falou que queria fazer um único pedido, que a cerimônia de casamento fosse adiada para depois do nascimento do bebê.

Ela fez a primeira consulta do pré-natal, e a médica estimou a gravidez em quatro semanas, exatamente o tempo em que ela havia retornado ao Brasil.

– Dá para saber há quantos dias estou grávida?
– São semanas – disse a médica.
Helena começou a fazer contas para ver se batia ou não com sua estadia em Barcelona. Abriu-se com a médica que acabava de conhecer:
– O que tem de pai que acha que o filho é dele e não é, não está no gibi – a médica comentou. – Se não for dele, ele nem vai notar, relaxa.
– Pablo é negro. Eu e o Miguel somos brancos, entende?

Desde que voltara, Helena tentou falar com Isabel inúmeras vezes para terminarem o filme. As desculpas mudavam a cada semana. A barriga crescia cada vez mais, e, passados alguns meses, ela desistiu de procurar emprego. Ninguém queria contratar uma pessoa que em alguns meses iria interromper o trabalho e retornar sabe-se lá quando. Já que Miguel trabalhava o dia todo no escritório e pagava as contas, ela assumiu o trabalho doméstico. Limpava, cozinhava, fazia mercado e cuidava para não faltar nada para o marido, principalmente pães. Miguel estava à procura de um terreno para construir um barracão. Já não lhe bastava ter uma loja, queria virar distribuidor nacional dos produtos que revendia.

Lembrava-se do professor de filosofia que dizia que a cada dia que vivemos estamos mais próximos da morte. Literalmente pensava que poderia mesmo estar perto da morte caso o filho não fosse do marido.

Durante o dia, Helena tinha a casa só para ela e, num gesto também de esquecer-se de si, lia os livros que pegava emprestados da biblioteca pública. Leu todos os sete volumes de *Em busca do tempo perdido* de Marcel Proust. *No caminho de Swann, À sombra das raparigas em flor, O caminho de Guermantes, Sodoma e Gomorra, A prisioneira, A fugitiva, O tempo redescoberto*.

Descobriu pela ecografia que era uma menina. Olhava com atenção a imagem em preto e branco para ver se reconhecia algum traço de Pablo. Existia um exame que poderia coletar o DNA do bebê, mas teria que enfiar uma agulha enorme pelo canal vaginal para retirar material de dentro da placenta e isso poderia custar a vida da criança. Helena nunca tinha pensado em ser mãe, mas queria o bebê. Temia agora nem poder voltar para a cidade na qual nunca quis morar.

Miguel saía cedo e voltava tarde. Estava cada vez mais entusiasmado com o dinheiro que entrava na conta bancária. Comprou uma caminhonete e um terreno para construir a distribuidora. Depois que a barriga de Helena cresceu, ele nunca mais quis transar, dizia que respeitava o bebê. Para ele um corpo de mulher precisava ter certos atributos – bunda grande e empinada, seios fartos, e não caídos, cintura fina, coxas grossas e, por fim, traços harmoniosos, não um nariz que destoasse do rosto. A investigação de Helena por um orgasmo tinha terminado na Espanha. Acabou por esquecer que tinha uma vulva.

Faltavam dois meses para o nascimento. Começou a colocar para dentro salsichas, sorvete de açaí, brigadeiro dois amores, batata frita *crispy*, camarão empanado, bolinho de arroz. Adorava fazer frango assado com *chimichurri*, maionese e macarrão ao sugo para devorar tudo na sequência. Às vezes, fazia *paella*, *tortilla de papas*, gaspacho, *salmorejo* para pensar que estava em outro lugar. Seu rosto retangular estava redondo, e o friso no meio da testa, mais profundo. Era a chamada marca de preocupação.

Helena e Miguel sempre brigaram, desde que se conheceram, mas agora que ela estava grávida, ele tentava controlar a fúria, e ela procurava não discutir. Quando estavam dentro do carro e Helena falava alguma coisa de que ele não gostava, pisava o acelerador, transformando aquele carro em uma arma. Antes de viajar para Barcelona, quando isso acontecia, ela fechava os olhos e pensava que talvez fosse a solução. Acabar de vez com o que não conseguia terminar. Ter ganhado a bolsa e ido para a Espanha era como ter sido resgatada de um sequestro, e agora parecia ter caído novamente nas mãos do bandido. Mas era diferente, havia um ser crescendo dentro dela. Ela implorava para Miguel parar de correr. Ele queria ouvir exatamente isto – Helena pedindo para ele parar.

Miguel mudava a dieta conforme as revistas anunciavam novos modelos de alimentação. Helena não se opunha ao regime, só não queria participar. Ele fazia sempre questão de que o garçom trouxesse suco natural da fruta.

– Sabia que fui garçonete lá na Espanha? Não é legal você pedir desse jeito.

– O cara é um imbecil, não sabe a diferença de polpa e suco natural, tenha dó. Você é muito boa, Helena, por isso não consegue emprego.

– Quê? Não consigo emprego porque estou grávida.

– E antes, por que não conseguia?

– Porque estava naquele fim de mundo.

Todos ouviram o "fim de mundo" que saiu da boca de Helena como um grito de raiva.

– Assim que a nossa filha nascer vou procurar um emprego, não se preocupe.

Miguel se aproximou de Helena e fez um carinho em sua cabeça.

– Você é muito inteligente e talentosa, amor, sei que vai conseguir. Você não foi pra Espanha? Eu não te ajudei a ir pra Espanha?

– Você me emprestou o dinheiro da passagem e eu devolvi.

Faltava um mês para completar 38 semanas, quando o bebê estaria pronto para o nascimento. Helena tinha engordado mais dez quilos, além dos quinze iniciais. Não tinha mais roupas para vestir e improvisava com calça *legging* e camisetas extragrande que comprava em brechós. Miguel começou a dormir em outro quarto, já que ela levantava várias vezes para ir ao banheiro.

Depois de tantos meses, entendeu que Isabel jamais iria enviar o filme que elas tinham feito na Espanha. Ela nem respondia mais aos e-mails de Helena. Sentou-se diante de um computador, precisava dar alguma resposta a Carmencita. A única coisa que tinha era um DVD com três minutos de material bruto, que mostrou para a banca da pós-graduação. Sentia-se mais derrotada do que no *pitching*, pois não cumpriria o acordo com a xamã.

Antes mesmo de apertar o botão de envio, sentiu um líquido vazar pela calça e pela cadeira. Parecia urina, mas era espesso e não tinha cheiro de xixi.

– A bolsa estourou – disse a Miguel por telefone.
– Fica com a sua mala na portaria que eu já estou saindo.
– Prefiro não contar para os seus pais. É muita pressão, só quero você lá.

Ainda eram dez da manhã quando chegaram à maternidade. A obstetra chegou em seguida e disse que precisava ter dilatação de no mínimo três centímetros para o parto normal que Helena queria. A médica voltaria para casa e as enfermeiras monitorariam. Helena não poderia mais fazer refeições nem tomar água até o parto. Já era horário do almoço e Miguel saiu para almoçar. A enfermeira verificou e a dilatação dela continuava zero. As contrações aumentavam a cada hora e percorriam toda a extensão do abdômen.

Da maca, ela olhava pela janela com uma pergunta que não saía da cabeça: afinal, quem era o pai? Isso já estava determinado havia muito tempo, mas para Helena ainda era uma incógnita. "Pelo menos aqui ele não vai ter coragem de me matar", pensava. Poucas semanas antes, estavam assistindo a um filme em que uma mulher ganhava um filho que não era do marido. Miguel disse que, se isso acontecesse, daria um tiro na testa dela.

Uma mulher entrou no hospital e ganhou o filho no corredor. A mulher que chegou depois dela e estava na maca ao lado de Helena também foi para a sala de cirurgia. Eram seis da tarde, e Helena continuava com contrações sem dilatação quando a médica retornou e disse que a pressão dela estava muito alta, não dava mais para esperar: fariam a cesariana. Helena caiu no choro.

– Ei, agora quem precisa chorar é a Alice, não você.

Miguel tinha feito um curso para acompanhar o parto.

– Vai entrar? – a médica perguntou.

– Não sei.

– Então não vai, porque pai que desmaia na mesa de cirurgia só me atrapalha – respondeu a médica.

Miguel ficou no corredor e Helena foi levada para a sala de cirurgia. Antes, recebeu a anestesia. Estava consciente e pensando nas imagens do futuro, enquanto a médica e seus auxiliares falavam da pizza de estrogonofe que pediram para depois do parto.

O marido avisou os pais dele, e eles estavam lá para acompanhar o nascimento da primeira neta. A família de Helena morava a três horas de Curitiba e não ocorreu a ninguém a acompanhar ao hospital.

Na sala escura, um foco de luz iluminava a mesa operatória. Pelo menos era assim que Helena lembrava. Estava nua, a não ser pelo jaleco com uma abertura frontal. A luz estava direcionada à barriga dela. Passou pela sua cabeça que era uma pessoa péssima dando à luz um novo ser. "Será que agora vou me tornar como minha mãe uma mulher que aceita tudo?", perguntava-se.

As imagens e os sons do que parecia um necrotério não eram nítidas para ela. Estavam sobrepostas. Via pessoas aumentadas como se estivessem saindo dos seus próprios corpos. Escutava vozes ao fundo e os sons de metal das ferramentas que a médica manuseava e colocava na bandeja. Helena queria fechar os olhos e chorar para nunca mais parar, como a mãe já tinha dito que tinha vontade de fazer, mas outro choro apareceu na sala.

– Vem, polaquinha, vem – a médica disse. Em seguida mostrou a bebê. Era pequenina, não tinha cabelo e estava com a pele avermelhada.

Depois disso, Helena foi deixada durante duas horas sozinha em uma sala para observação. Como uma sonâmbula que estava deitada, lembrou-se do grito do porco abatido na casa de infância.

Na semana seguinte, a mãe foi visitá-la.

– Meu Deus, como você está gorda! Não tem freio nessa boca? Desse jeito o Miguel larga você.

– Antes fosse.

– É comum a gente ficar um pouco triste depois do filho nascer, Helena, é depressão pós-parto. Se você não se sentir bem, tem que falar para o Miguel te levar em um médico que eles te dão um remédio. Sei como é, já passei por isso.

Helena queria perguntar à mãe se existia remédio para a tristeza que ela sentia, mas o que disse foi:

– Pelo menos agora posso voltar a beber.

– Nada disso, você tem que amamentar. O álcool passa pro leite.

A mãe ficou uma semana na casa dela, ensinando o que sabia sobre bebês, repetindo que havia criado seis filhos saudáveis que infelizmente não eram perfeitos, já que nem todos acreditavam em Deus, mas que Deus escreve certo por linhas tortas.

Ainda na maternidade, Alice berrava e não pegava o peito. A enfermeira disse que a médica não deixaria, mas se ela quisesse poderia dar leite em um copinho plástico escondido, que assim o bebê não se viciaria na mamadeira.

– Não. Ela precisa pegar meu peito.

Helena sentia o corte da cesárea rasgando a barriga quando tentava se levantar. Foi difícil ir ao banheiro e tomar o primeiro banho. Mesmo com a mama empedrada, continuou insistindo na amamentação. Precisava fazer bem pelo menos alguma coisa, pensava.

Miguel sempre chegava tarde em casa. O barracão de cinco mil metros quadrados já estava quase pronto. De vez em quando Helena pedia ajuda. Ele alegava que tinha trabalhado o dia todo e que também estava cansado. Ela acreditava nos dois papéis definidos: o provedor e aquele que obedece a quem paga as contas. Conhecia Miguel e não queria que Alice, ainda que bebê, escutasse gritos. De vez em quando ele trocava uma fralda. Em uma época em que muitas crianças não conheceram os pais ou não foram educadas com a presença deles, fazer o mínimo tornava o pai um herói.

Depois de seis meses, Helena e o marido voltaram a conversar sobre trabalho. A empresa de Miguel tinha crescido e o lucro beirava 300 mil reais por mês.

– Não tem por que procurar emprego, Helena, e mesmo que consiga vai ganhar uma miséria. É melhor não dar nossa filha para estranhos cuidarem. Você é uma mãe excelente.

– Mas antes de ir para Barcelona eu me sustentava.

– Mas você não comia filé mignon em dia de semana, né?

O apartamento em que viviam ficava em um bairro afastado do centro e Helena, sem carro, perdeu o contato com quase todas as amigas. Eva tinha casado com o namorado, estava grávida e continuava morando no mesmo apartamento que fora delas antes de Helena ir para a Espanha.

Quando estava na Espanha, as fantasias da cabeça de Helena tinham cessado. Mas agora começou a imaginar de novo histórias para si – que comprava uma passagem para ir à Colômbia encontrar Pablo, que levaria a filha e começaria uma nova vida ao lado dele. Começou a imaginar também que o marido morria de repente e a deixava viúva.

Miguel estava cada dia mais feliz. Quando chegava em casa, queria conversar sobre o que acontecia na empresa. Um dia chegou dizendo que havia retirado o café dos funcionários, faziam uma lambuzeira danada com o açúcar e isso só causava problema.

– Você tem que entender que às vezes café não significa café – começou Helena.

– Tá vendo, não tem lógica o que você fala – Miguel voltou à antiga acusação.

– Você me perguntou, estou falando. Essas pessoas vêm de longe, tomam café cedo e tudo o que precisam é segurar um copo quente na mão, de preferência que não seja de plástico e que não as lembre da miséria de suas vidas.

Helena queria adotar uma gata, mas Miguel não queria porque isso atacaria a rinite dele. Alice já tinha feito um ano, e agora não dependia mais do peito, mamava na mamadeira. Ela então reuniu algumas amigas, incluindo Eva, e negociou com o marido para sair sozinha pelo menos uma vez por mês. Ele concordou.

Ela deu ao grupo o nome de Mulheres Infinitas. Uma vez por mês, elas escolhiam um lugar para ir e se vestiam da maneira que quisessem. Podiam ir de vestido de festa a um boteco, com chapéu de praia a um restaurante requintado, usar qualquer coisa. Helena se trocava na casa de Eva para não ter que encarar os olhares do marido. A amiga ainda estava grávida e as acompanhava sem beber.

Houve uma vez que Helena calçou sandálias com meia-calça, colocou uma faixa de cetim preta na cabeça, uma saia de tule, e foram a um restaurante fino. Usou esse mesmo traje alguns anos mais tarde em uma festa infantil da turma da escola de Alice. Se para a filha era o dia de se divertir com os amigos, e Helena gostava mesmo de ver aqueles dedos pequeninos se lambuzando de brigadeiro, para ela era um dia a temer. Aquelas mulheres personificavam o teatro da vida que ela tentava não olhar com demasiada atenção. Ela foi com a roupa estrambólica de propósito para fazer uma provocação, mas não chegou a provocar ninguém. As pessoas ali não estavam interessadas na vida de Helena, mas sim em usar as festas infantis para fazerem negócios. Tudo ali era um grande negócio. Só Helena que não percebia.

Houve outro jantar das Mulheres Infinitas em um restaurante num bairro nobre. Eva já havia tido o filho, e depois de amamentar colocou silicone nos peitos. Cada uma delas bebeu uma garrafa de vinho. Helena pediu à colega que mostrasse os peitos novos. Elas foram ao banheiro, e Eva pôs para fora os seios fartos e arredondados com quatrocentos mililitros de silicone. Uma a uma foi colocando o dedo indicador no peito de Eva, feito criança que quer estourar uma bexiga. Uma senhora entrou e Eva guardou os peitos dentro da blusa.

Quando voltaram para a mesa, Eva começou a narrar para Helena uma briga de casal que acontecia atrás delas, como em um telefone sem fio:

– Eu não queria começar.

– Pois comece. Você que começou.

– Você sabe que não era minha intenção te trair com a Angélica.

– Justo a nossa empregada, Alfredo.

Helena começou a rir muito alto porque Eva reproduzia a briga imitando a voz da mulher e a do homem, narrando uma novela do cotidiano. Era divertido poder encontrar as amigas uma vez por mês e fumar cigarro de menta nesses dias.

– Imagina, Eva. Fazemos uma cápsula redonda de acrílico com furinhos para a gente respirar, claro. Essa cápsula é levada todo mês para um restaurante escolhido. E a gente escolhe um tema – falava Helena. – E as pessoas ficam escutando as nossas conversas. Dá um programa de TV.

O marido estava ganhando cada vez mais dinheiro e resolveram fazer uma viagem para a Disney. Alice era tão pequena que não diferenciava o Mickey de um cachorro qualquer. Mas Helena adorou o parque Epcot Center, onde por um dia pôde fingir que estava no México, Japão, Reino Unido, Canadá, na Noruega, China, Alemanha, Itália, França. No Marrocos, experimentou uma carne com tahine, Miguel comeu massa italiana com Alice. Além de Orlando, passaram dois dias em Miami. O marido alugou um carro conversível e passearam como os novos-ricos brasileiros faziam na orla cercada de palmeiras gigantes.

Na volta ao Brasil, Helena o convenceu a pagar uma empregada para cuidar da casa. Era confortável não ter que bater cartão em uma empresa e não aturar um chefe grosseiro, ter um cartão de crédito para comprar o que quisesse. Miguel dera um cartão de crédito para ela justamente porque sabia que a mulher só comprava o necessário, não tinha aprendido a esbanjar.

– Você não precisa ficar comprando coisa barata, Helena. Para de comprar músculo pra fazer sopa.

– Eu sei, mas da outra vez que fui no mercado a compra ficou muito cara.

– E daí? A gente tem dinheiro – respondeu Miguel.

– Queria trabalhar para contribuir.

Miguel riu.

– Quanto você acha que ganharia, Helena? Não daria nem para pagar nosso mercado.

Helena não tinha mais a barriga de gravidez, havia emagrecido e agora o marido a procurava com mais frequência. Foi assim que ela começou a incluir nas compras de supermercado garrafas de vodca. Ele gozava em poucos minutos, mas mesmo assim fazia sua vagina contraída arder. Foi à ginecologista e descobriu que estava com candidíase.

– Li que isso aqui é bom – Helena tirou da gaveta um lubrificante à base de água. Miguel lambuzou o pau.

– Você é minha putinha?

Helena não respondeu. Então ele puxou o cabelo dela mais forte e repetiu:

– Você é minha putinha gostosa?

– Sou.

Helena de fato começava a pensar que era uma prostituta. Fazia sexo com Miguel em troca de comida e moradia para si e a filha.

Durante o dia se distraía com as mãozinhas de Alice, que a abraçavam forte. Pôde estar presente quando ela se virou de bruços pela primeira vez, quando falou a primeira palavra e quando andou como um passarinho com perninha torta. Ela era uma menina amorosa e sensível, que a mãe chamava de "ternurinha".

Uma noite, depois de transar com Miguel, veio-lhe uma frase inteira: "Minha vida está errada". Sentia-se um baiacu que não podia inflar. Da menina que vislumbrou conhecer o mundo e foi para a Espanha, tornara-se uma mulher que consultava o marido para tudo. Ele sugeriu que ela colocasse silicone, porque depois que amamentou Alice os peitos ficaram murchos e caídos. Helena resistia em colocar plástico dentro de si, mas passou a usar sutiã com enchimento até para dormir e transar, assim ele não teria que olhar para aquele par de ovos fritos que assumiam qualquer forma durante a transa. Convenceu-se de que eram feios mesmo.

Uma vez por mês, alugavam um apartamento na praia de Guaratuba. Em uma ocasião pediu a Miguel que vigiasse Alice brincando com o baldinho na areia para tomar um banho de mar. Quando voltou, ele disse que a bunda dela estava cheia de estrias. O que faria agora além de usar sutiã para dormir, andaria de lado para não mostrar a bunda ao marido? Porque ele pedia, passou a frequentar a academia cinco vezes por semana. Custava a entender como as pessoas gastavam tanto tempo de vida tentando fazer o corpo parecer perfeito.

Alice já tinha três anos e eles continuavam vivendo em um apartamento de noventa metros quadrados. Miguel sugeriu que comprassem uma casa com quintal. Na mesma época, ele abriu mais duas empresas para poder fazer transações comerciais e, como não podia colocar no nome dele, usou o nome da esposa. Ela assinou sem ler. Era o marido quem pedia.

Desde que tinha saído da Nova Vila dos Hoffmann, Helena nunca mais tinha morado em uma casa. Antes mesmo de pensar em comprar uma, Miguel gostava de levar a família para visitar apartamentos mobiliados aos domingos, como se sempre estivessem procurando um lugar para morar que não existia.

Eles compraram uma casa em um condomínio fechado. Helena se ocupou da reforma e da decoração. Uma das faculdades que gostaria de ter feito antes de cursar relações internacionais era arquitetura. Desde pequena gostava de pensar nos espaços, mesmo quando estavam invertidos em suas simulações com *Marcelo, marmelo, martelo*. Para ela havia os espaços conformados e os espaços que se transformam. Quando não conseguia dormir, era isso que tentava ver através da porta da cozinha.

Enquanto Helena se ocupou da reforma da casa, a candidíase melhorou. No final, a residência foi fotografada para uma revista de decoração. Havia duas cozinhas, sendo uma delas gourmet, com forno, fogão a lenha e churrasqueira com vista para o jardim e a piscina. Tinha sala com lareira, copa e cinco suítes. Por fora a casa tinha cor de pepino, que lembrava o primeiro carro de Helena. Durante a obra teve contato com outros homens, e volta e meia se pegava imaginando a vida com um deles. Pensou até em fugir com um lixador de tacos que lhe dava atenção.

Estava próximo da Páscoa quando Helena decidiu ir alguns dias antes com a filha à casa dos pais em Rio Azul, de ônibus. Era aniversário da mãe e ela queria ajudá-la a preparar uma festa para as amigas. Miguel permaneceu em Curitiba e chegou na véspera. Quando ele chegou, Helena pegou o carro para ir até a casa de Márcio buscar uma fôrma de bolo. Ela viu que ele tinha deixado o celular em cima do banco. Ficou tentada a mexer. Ligou o aparelho e começou a ler as mensagens. Em uma delas estava escrito: "Que pena que não conseguimos nos encontrar hoje, fica para a próxima". Era de uma mulher chamada Débora.

Desceu do carro com a mensagem na cabeça. Era Sexta-Feira Santa, estava na casa dos pais e não queria criar confusão. Ficou com aquilo guardado até o domingo pela manhã, quando perguntou ao marido quem era Débora.

– É minha funcionária. Você sabe que trabalho com duas Déboras.

– Não é nenhuma das duas. Estou falando de outra Débora.

Ele riu de nervoso e tentou se esquivar, mas acabou admitindo que era uma amiga, nada de mais.

"É Páscoa. Precisa parecer que está tudo bem. Vamos almoçar, nos despedir de todos e voltar para casa", Helena pensava.

Viajaram 180 quilômetros em silêncio por três horas. Não pararam na estrada para o tradicional pão com linguiça, nem precisaram usar o banheiro do posto de gasolina. Só atendeu a Alice quando ela acordou.

Helena esperava conversar quando chegassem em casa. Quando finalmente estacionaram o carro na garagem, Miguel desatou o cinto de Alice e ela abriu a porta sozinha do carro. A porta voltou com força em cima do dedo dela. Foram direto para o hospital.

Eles ficaram duas horas à espera de atendimento. Chegaram em casa às dez da noite. Miguel foi tomar banho, enquanto Helena fazia a filha dormir. Alice estava inquieta e demorou a pegar no sono. Assim que adormeceu, Helena pegou o telefone e discou o número que havia anotado. Débora desligou quando ouviu a voz de uma mulher.

Helena foi até o banheiro e disse a Miguel que tinha conversado com Débora e que ela havia contado tudo. Estava blefando. Ele saiu do banho e começou a gritar que ela estava inventando coisas, que era louca. No final, disse que, pelo respeito que tinha por ela, contaria a verdade:

– A gente ficou, mas não transou.

III.

Helena acordou no dia seguinte em outro quarto da casa dela. Optou por não dormir com Miguel naquela noite. Telefonou para Miriam, sua ex-chefe; precisava conversar com uma mulher mais velha. Foi ela quem indicou a clínica de aborto quando Helena contou que estava grávida. Não sabia que ela tinha se casado e estava com um filho pequeno. Miriam contou ainda pelo telefone que tinha parado de trabalhar porque quis, estava cansada da mesquinharia das pessoas, preferia se concentrar na família.

A amiga a recebeu com bolachas de mel e café passado em cafeteira italiana na sala envidraçada de frente para o parque Barigui, de onde elas podiam ver o gramado e o lago das capivaras. Helena contou o que tinha acontecido e Miriam começou a fazer perguntas sobre como tratava o marido. "Você faz o café da manhã dele? O que você cozinha pra ele durante a semana? Tem que pegar ele pela boca, mulher. Pelas duas." Ria. "Que tipo de calcinha você usa? Tem que ser rendada. Nada de usar calçola de mãe. Eles são visuais e gostam de trocar bastante de posição."

No mesmo dia, Helena voltou para o quarto do casal vestindo uma camisola transparente e tentando encenar frases sexuais que nunca foram ditas antes. Começou a se levantar mais cedo que Miguel para preparar o café da manhã, mesmo que fosse às cinco da manhã. Passou a pesquisar receitas novas, a escrever cartões diários e também a abastecer a geladeira sempre com suco de laranja fresco. Quando ele chegava, ela se maquiava para esconder o inchaço dos olhos de tanto chorar. Parou de sair com as Mulheres Infinitas e tentou se concentrar na única coisa que havia conquistado na vida: uma família, com marido, casa, filha e o cachorro que não aprendia a fazer cocô no jornal de jeito nenhum. Vez ou outra, viajava nas lembranças da Espanha e em seus desejos íntimos. Sentia-se culpada por não ter orgasmos espontâneos, aqueles que as mulheres tinham em filmes pornô e de cinema.

Naquela semana, o marido voltou mais cedo para casa e as mãos dele estavam mais agitadas do que nunca. Disse que ela precisava começar a ganhar dinheiro também, que a prestação da casa estava muito alta.

– Já estou procurando um emprego, se quer saber.

– Que emprego o quê, Helena? Precisa ganhar dinheiro. Você quis reformar a casa, gastou duas vezes mais do que a casa valia.

– Mas eu pensei que a gente tinha dinheiro, você falou que estava ganhando 300 mil por mês.

– Acorda, nenhum empresário brasileiro trabalha com dinheiro. Se alguém quiser crescer, tem que fazer empréstimo para ter capital de giro. Preciso que você comece a me ajudar na empresa. Estou cansado de carregar tudo nas costas.

– Não sei nada sobre o mercado pet.

– Vai aprender, se quiser salvar esta casa e continuar tendo a vida que tem.

No outro dia, Miguel não acordou cedo como de costume. Disse para ela deixar Alice na escola e ir para a empresa, que ele a encontraria mais tarde. Ela fez o que o marido pediu. Uma das Déboras que trabalhavam lá lhe apresentou todo o departamento. Falava baixo e evitava olhar para Helena.

Já havia uma mesa na sala de Miguel que apresentou como sendo dela de agora em diante. O marido chegou quase ao meio-dia e chamou a funcionária para conversar na sala dele.

– As vendas estão muito baixas. O que está acontecendo, Débora? Foi só ganhar um aumento que ficou mais burra?

Ela ouvia com atenção e Helena acompanhava. Estava acostumada com esse jeito dele de falar com ela, mas achava que era porque tinham intimidade, nunca tinha lhe passado pela cabeça que ele tratava os outros da mesma forma. Miguel continuou:

– Imagina um coordenador de almoxarifado favelado, que nunca teve nada, de repente ganhar cinco mil. Pode cortar os bônus deles.

– Mas você acha que eles vão continuar se eu reduzir o salário? – Débora falava de cabeça baixa.

– Eles vão ganhar um mínimo fixo mais comissão de agora em diante. Chama a Débora do RH para cancelar o plano de saúde.

– Mas é difícil conseguir consulta no SUS, Miguel.

– Tá difícil para todo mundo, inclusive para mim.

Débora saiu da sala. Miguel pegou alguns catálogos de produtos para explicar a Helena como funcionava cada representação.

– Mas isso não é suficiente para eu começar a vender. Como vou vender se eu não sei nada?

– Você é inteligente, já morou até na Europa. Estude.

Os funcionários olhavam Helena como um cachorro que pede comida, mas que tem medo de levar um chute. No final do dia, levou um boleto para a menina do departamento financeiro e pediu para ver as contas da empresa. Ela disse que lhe mostraria, desde que não contasse a Miguel. Descobriu que havia cinco milhões em empréstimos bancários e que a única coisa que tinham era uma casa, paga pela metade. Tirando os produtos e o terreno do barracão, a dívida girava em torno de três milhões. A funcionária disse que os empréstimos bancários estavam no nome de Helena.

– Mas pra fazer empréstimo a pessoa não tem que assinar? – assustou-se Helena.

– Você assinou.

Volta e meia, Miguel surgia com um papel para ela assinar e só lhe mostrava a última página. Todo o patrimônio que pensava que o marido estava construindo enquanto ela cuidava da filha, da casa e deixava a vida profissional de lado simplesmente não existia.

Depois da traição e antes de saber das dívidas, uma noite ela fingiu orgasmo durante a transa com Miguel. Fazia tempo que ela não imaginava situações novas e pensou que talvez bastasse acreditar para acontecer. O marido ficou feliz por ela finalmente ter gozado no pau dele. Ela não previu que uma mentira contada uma vez precisava ser repetida mais vezes para se tornar realidade, e o que aconteceu foi que, depois disso, não bastasse a vontade de chorar, ainda tinha que simular prazer. Miguel olhava para si enquanto transava, jamais notou os sussurros fingidos da mulher. O corpo dele também estava habituado a agir de uma maneira, era o ativo, o homem que não podia chorar nem fracassar, apenas enlouquecer as pessoas que estavam perto com seus devaneios cotidianos. Helena começou a perceber que mesmo as amigas que trabalhavam fora e tinham o próprio salário acabavam cuidando dos filhos e da casa enquanto os maridos chegavam e colocavam a bunda deles no sofá.

A mãe de Helena também tentou estudar. Mudou-se para a casa de um tio em outra cidade, mas voltou com medo para casa quando ele a convidou a dormir no quarto dele. Helena pensava que tinha criticado tanto a mãe, e agora estava em uma situação semelhante em pleno século XXI. A mãe pelo menos tinha a desculpa de ter nascido no século XX.

Miguel continuava convidando empresários para jantar na casa deles. Servia vinho do Porto e picanha como se nada estivesse acontecendo. Isso na frente dos outros. Ela não podia bocejar quando ele estava falando nem rir sem motivo com Alice. Ficava bravo com o cachorro que fazia cocô fora do lugar, o único integrante da família a se rebelar naquele momento. Irritava-se até com as maritacas que cantavam muito cedo. Ele a mandava tomar no cu na frente da empregada, dos amigos e das pessoas na rua. Quando isso acontecia, no outro dia comprava alguma peça de grife de presente. Helena começou a responder apenas com gestos. Da última vez que disse que Miguel estava sendo irresponsável, ele apertou tão forte o braço dela que o deixou roxo.

Dispensaram a empregada para cortar despesas e tiraram Alice da escola, já que ainda não estava em idade obrigatória. Helena trabalhava meio período na empresa e muitas vezes levava a filha junto. À tarde ou à noite, fazia os serviços domésticos. Miguel geralmente trabalhava à tarde e, quando Helena não precisava ficar na presença dele, sentia-se aliviada por não vê-lo insultar os funcionários.

Uma noite, quando despertou sem motivo, misturou um pouco de vodca no suco de laranja para pegar no sono. Antes de se levantar para ir ao banheiro, escutou os passarinhos e pensou que poderiam estar cantando para ela. Devia existir alguma coisa feita só para ela neste mundo. Quando voltou para a cama, sonhou que foi até a floresta e avistou uma carcaça no meio de um descampado. Tirou a roupa e, antes de deitar-se sobre os ossos, como um cão que se deita na terra para sacudir suas pulgas, raspou as costas de um lado para o outro. A seu lado restava uma asa de pássaro se decompondo. Ergueu os braços, arrastou-se para cima dos ossos do animal e mirou o céu estrelado que só podia ver naquela escuridão específica. Vista de cima, ela não passava de uma mancha branca indistinguível cercada por grandes árvores. Em uma semana faria 33 anos, a idade de Cristo. Um ruído interrompeu seu repouso sobre a carcaça, e na mesma hora ela saiu de cima do cadáver, temendo que alguém estivesse se aproximando. Era uma cobra, e ela havia dito algo. Helena acordou de repente e se lembrou do início da frase: "você precisa...".

Alice estava brincando no pátio e entrou carregando uma pena de pássaro.

– Pra você, mamãe.

Ao ver a pena, Helena pensou que não queria mais imaginar a morte do marido. Sem Miguel saber, ela havia submetido o projeto da ayahuasca a um concurso nacional. Recebeu um e-mail em que a informavam de que fora selecionada e ganharia hospedagem e passagem para ir a Brasília apresentá-lo. O treinamento para controle de mídia foi lá também. Lembrou-se de quando ganhou a bolsa para fazer a especialização na Espanha e da cobra que a picou em Ibiza. Esperou Miguel estar de bom humor para contar.

– E daí? Isso paga os três milhões de dívida? – Miguel reagiu.

– É só um fim de semana, Miguel, por favor, não me negue isso. Já falei com sua mãe, ela fica com a Alice. Isso não vai atrapalhar meu trabalho na empresa.

– Você fala como se eu fosse teu dono, você é uma equivocada. Vá.

Era a primeira vez que Helena viajaria sozinha depois da Espanha. Se o projeto fosse selecionado, poderia ser uma porta de entrada para voltar a trabalhar na área que tinha escolhido. Às vezes sentia dentro de si um calor de vulcão que não tinha hora para entrar em erupção.

Ao pisar a aeronave e estar no céu voando, tentava sentir as sensações das primeiras vezes que fez isso, mas nada mais era igual. Havia muitas escolhas que carregava dentro de uma mochila pesada.

A esperança durou pouco. Seu projeto outra vez não foi escolhido. Depois do evento haveria uma festa. De salto alto, calça, camisa preta e batom vermelho, foi até o lugar da celebração. Tinha cortado o cabelo curto quando morava na Espanha e agora ele já tinha crescido o suficiente para ser um leãozinho, uma juba de leão. Pensou que poderia, quem sabe, fazer alguns contatos profissionais.

Com uma taça de vinho na mão, em pé na beirada do salão, constatou que as pessoas dançavam – sacudiam as pernas e os braços ao alto com todas as forças. Depois da Espanha, as pernas dela tinham se esquecido de se movimentar por lugares improváveis. Espiava de canto de olho as pessoas se divertindo risonhas e com a boca aberta. Desde que engravidou, tinha jurado que nunca mais trairia Miguel. Encheu a taça de vinho com o que pretendia ser a saideira. Queria voltar cedo ao hotel, pois retornaria antes do almoço para Curitiba.

Sem sono, completou a taça algumas vezes, e quando se deu conta eram cinco da manhã. Os primeiros raios de sol já invadiam o salão. Havia mais garçons do que convidados na festa. Um ator de novela que havia feito o cerimonial ainda estava por lá. Como a lava de vulcão que eclode sem aviso, Helena decidiu que a história dela de fidelidade tinha que acabar. Precisava de uma força extra para ser guinchada do fundo do rio nodoso. As carpas já haviam cavoucado o barro por tempo demais.

Voltou a olhar para o ator, e ele se aproximou para conversar. Conversar não, já chegou dando um beijo. Deram-se conta de que atrás deles havia um portal a ser transposto. Era o depósito de bebidas do bar. Entraram. Ele chupava o pescoço dela e enfiava a língua bem dentro da boca, ao mesmo tempo que começou a abaixar as calças de Helena e rasgar uma camisinha com os dentes.

– Não – disse Helena.
– Por que não?
– Sou casada.

Depois disso, caminharam lado a lado pela rua vazia até o hotel. Um ou outro carro passava. Os pássaros cantavam, mas o que ressoava no ouvido dela era uma britadeira insistente trabalhando naquele horário. Ele subiu com ela até o quarto e tentou novamente transar, mas para Helena havia uma diferença entre traição com beijo e com sexo.

– Seus seios são lindos.

Helena fez um muxoxo.

– Você é uma deliciosa e tá me negando essa gostosura, saiba disso – disse o ator antes de sair.

Helena não conseguiu dormir. Na sequência escutou uma cama rangendo e gemidos de uma mulher de um quarto acima do dela. Percebeu que a cama dela não mexia um centímetro quando transava com Miguel. Arrependeu-se de ter deixado o ator ir embora.

O marido estava na casa de um amigo e buscaria Alice na casa da avó à noite. Helena retornou, e agora tinha a casa só para si. Não se sentia culpada como temia, alguma substância nova estava circulando nas veias dela. Pôs uma música no celular e entrou na ducha quente que deixou o banheiro enevoado. No banho, Helena voltou a olhar para os seios, que já não pareciam tão caídos. Deslizou a mão pela barriga e observou a marca da cesárea onde os pelos tentavam crescer e saíam falhados, assim como os troncos de árvore que saem tortos em busca de luz. Ao deslizar a mão, parou em cima da vulva e sentiu a quentura dela. Lembrou-se de quando era pequena e se esfregava em almofadas.

Sentou-se no chão do box com as pernas em posição de borboleta e delicadamente começou a roçar os dedos na vulva pela primeira vez, num ato instintivo. Lembrou-se de Terrassa. Tarragona. Ibiza. Madri. Barcelona. De Joaquín. De Junior. De Ruan. De Pablo. Do ator de novela. Pôde sentir um calor e uma umidade melosa que molhava os dedos. Era uma substância esbranquiçada que podia puxar entre os dedos. Não era a água do chuveiro. Encontrou o clitóris.

A água quente escorria pelas costas e molhava mais ainda os cabelos pesados. Continuou usando o dedo indicador direito para circulá-lo pouco a pouco no clitóris. Um calor se concentrava nele e aquecia seu coração – de repente alguém bateu à porta. Miguel e Alice tinham voltado antes do previsto.

Helena respondeu que já abriria, mas não conseguiu se levantar. Lembrou-se do beijo de língua que tinha recebido, das mãos fortes do ator pegando sua nuca, do jeito com que ele a olhava e pegava seus seios, e seu corpo se entregou a uma explosão. Sussurrou, era como se a consciência se apagasse e mesmo assim ela se lembrasse de quem era. Não precisava mais dar uma mão, uma perna ou um braço em troca de um orgasmo. Tinha conseguido por si própria. Ali sentada no box do banheiro, sentiu-se como um peixe baiacu que agora inflava.

O prazer ainda era indecifrável para ela. No mesmo instante em que o orgasmo eclodiu, teve vontade de se separar de Miguel. Não queria que a filha crescesse com aquele tipo de casamento. Com o orgasmo, lembrou-se de quem era. Com dezesseis anos tinha dez vendedoras de calcinhas, foi selecionada entre duzentas pessoas para trabalhar em uma organização internacional, ganhou uma bolsa de vinte mil euros na Espanha. Como tinha se esquecido disso tudo?

Miguel propôs venderem a casa, o que ela aceitou imediatamente. A mãe dele ficou com o cachorro, que agora, além de fazer cocô pela casa, comia as tomadas e as plantas.

Mudaram-se para um apartamento menor, parecido com o anterior. Logo que isso aconteceu, a irmã mais velha, Maria, adoeceu e precisou ir a Curitiba fazer um tratamento. Estava com câncer na boca. Faria quimioterapia; se não adiantasse, teria que extirpar a língua. Maria estava proibida de beber, mas mesmo assim as duas irmãs sentavam-se na sacada para tomar um drinque de suco de laranja e fumar um cigarro de menta. Isso, quando Miguel não estava.

– Lembra que foi você que me ensinou a andar de bicicleta na vila?

– Sabe que quase não me lembro de nada que aconteceu lá?

– Mas você morou lá até os dezoito anos, tinha que lembrar.

– Não sei o que aconteceu, só sei que desde criança sonho que estou sendo enterrada viva em um caixão – Maria contou.

– Você é feliz no seu casamento?

Miguel estava chegando em casa, e Helena jogou o cigarro dela e o da irmã na churrasqueira.

Alguns meses depois, o diagnóstico saiu. Para continuar viva, Maria teria que retirar a língua.

– Não quero ficar doente também – disse Helena à irmã.

– Nem sempre é hereditário. Sou a primeira mulher da família a ter câncer – Maria tentava acalmar a irmã.

– Você não está entendendo, se eu continuar assim vou ficar doente.

– Por que você está dizendo isso? – Maria quis saber.

– Nada não, fico preocupada com essa questão de hereditariedade – Helena desconversou. A irmã pensou que ela se referia ao câncer. Helena estava se referindo à hereditariedade das mulheres na família e seus maridos.

Helena não sabia por onde começar. Não tinha trabalho nem casa própria, e tinha uma filha para criar. Ficou sabendo de um ritual com ayahuasca, que para ela era uma erva do coração, no qual se revela o que é preciso aprender naquele momento. Convidou Miguel para ir junto, esperando que ele não fosse.

Foram os três. Ela se sentou em um canto na tenda, Miguel se acomodou do lado oposto. A filha ficou com as crianças, que logo pegaram no sono. O ritual seria conduzido por um grupo de mexicanos. Começou a chover, estava um pouco frio e Helena se cobriu com uma manta. O chuvisco e o vento gelado entravam na tenda. Começou a se perguntar o que estava fazendo ali. A primeira vez que participara daquela cerimônia, e mesmo em Ibiza, ela foi feita com uma programação com intervalos para ir ao banheiro. Para Helena, que já estava havia duas horas sentada ali sem nada acontecer, parecia que os mexicanos tinham instaurado o caos. Deixaram apagar o fogo, algo que nunca pode acontecer em uma cerimônia xamânica. Mais de uma vez quis ir embora ou pelo menos pôr alguma ordem naquele lugar. Era quase meia-noite quando eles passaram o copo de ayahuasca. E depois o de peiote, que ela experimentou pela primeira vez.

Sentia-se uma cachorra num ninho quente mijado. Precisava ir com urgência ao banheiro, mas não queria sair daquele canto. Olhou para o fogo que agora estava aceso e viu homens minúsculos como bonecos de Lego que subiam na madeira para alimentar as chamas. Olhou em direção a Miguel e não o viu. Já fazia muito tempo que a bexiga parecia prestes a estourar. Levantou-se de supetão.

Ao sair da cabana, sentiu uma garoa fina bater no rosto, e avistou um círculo de terra onde se acendem as fogueiras em cerimônias ao ar livre. Em vez de urinar, começou a andar ao redor sem saber por quê. Andava cada vez mais rápido, até que parou e teve a nítida sensação de que estava nesse mesmo movimento desde que voltara da Espanha. Helena retornou para um ponto anterior da vida, o corpo dela era o de uma criança que precisava de colo. Acabara de completar 33 anos e era a primeira vez que tinha um orgasmo. Ao compreender isso, saiu da roda, deitou-se no chão e a urina quente escorreu imediatamente por entre as pernas. Explodiu em uma gargalhada, como fazia nas novenas com Nuno, mesmo que ganhasse umas chineladas depois.

Sentiu o corpo flutuar sobre a terra. Em seguida escutou o som de tambores, levantou-se e pôs o corpo para dançar com todas as forças, como não fazia havia muitos anos. Queria expulsar o que havia de infantil e repugnante de dentro de si.

No dia seguinte, tentou iniciar uma conversa com Miguel.

– Você estava linda dançando.

Helena sorriu e, ao invés de dizer algo conciliador, o que saiu foi que queria a separação.

– Tudo bem, é isso mesmo. – Miguel pegou a chave e saiu.

Na última vez que Helena foi ao mercado, tinha perguntado quais eram as habilidades exigidas de um caixa. Sabia que seria difícil conseguir um emprego na sua área estando sem trabalhar havia tanto tempo e, depois de ter seu próprio orgasmo, sentiu a mesma coisa de quando passou pelo aeroporto de Londres: que podia ir a qualquer lugar.

Assim que Miguel saiu, ela foi tomar banho e começou a massagear o clitóris novamente, queria saber se fora um devaneio ou se tinha mesmo acontecido, se conseguiria repetir o feito. Voltou a se concentrar no ator da novela, já que entendeu que esse tinha sido o mecanismo. Vez ou outra, a voz e as mãos de Miguel invadiam a imaginação dela, mas Helena afastava as mãos que queriam sufocá-la, expulsava-as da sua preocupação, e o orgasmo se manifestava.

Ela já estava dormindo quando Miguel pôs a mão no seu ombro.

– Por que você quer se separar?

– Você disse que a gente só se tolera, pensei que quisesse também – ela falou.

– Quero saber por quê. Você tem outro, é isso?

– Não, não tenho ninguém. Quero ficar sozinha, acho que casamento não foi feito para mim.

Miguel não dormiu em casa naquela noite. Ela sabia que em algum momento teria de contar aos pais, mas na hora certa.

A mãe ligou no outro dia.

– Miguel disse que você está com umas ideias de jerico.

– Não quero mais continuar casada, mãe.

– O que você quer? Tem um bom marido que te dá tudo. Pensa na sua filha. Quer criar ela longe do pai?

– Mãe, acho que você não vai entender.

– Você tem outro? Se eu descobrir que você está traindo o Miguel, eu te meto a mão na cara.

– Que é isso, mãe? Ficou louca agora?

– Cala a boca. Você tem uma filha para criar. Por que acha que nunca me separei do seu pai?

– Teus filhos cresceram.

A mãe ergueu a voz.

– Põe a cabeça no lugar. Amanhã te ligo. Nem vou contar para o pai, porque uma coisa dessas não vai entrar na cabeça dele.

– Mãe, não precisa ligar.

A mãe nem escutou, desligou o telefone antes de Helena.

Durante a semana, tentou diminuir a vodca, queria estar bem para cuidar de Alice e da vida que viria. Miguel continuava dormindo em um colchão em outro quarto e perguntando o tempo todo por que ela queria se separar.

– Nós somos diferentes, é isso. Você disse que contrataria um advogado para cuidar da separação, preciso do contato dele.

– Não tenho nenhum, é mentira, pensei que se eu falasse em advogado você ficaria com medo e pararia com essa bobagem. Eu amo você! – ele gritava.

– Você não entendeu: não dá mais. Se continuar nessa relação, eu vou me tornar uma pessoa péssima para você, mais do que já sou. Eu preciso ser uma pessoa melhor – falava Helena.

Miguel estava tomando água quando parou, olhou para ela e disse:

– Você sabe que as empresas endividadas estão no seu nome, logo as dívidas são suas e eu posso começar uma vida do zero.

– Você não faria isso comigo. Faria?

Simulação 4

I.

Helena tentou ligar para os amigos da faculdade. Fazia mais de dez anos que não os via e descobriu que James morava nos Estados Unidos com o irmão, e Well, depois de um tempo em São Paulo, tinha retornado a Curitiba. Sabia que não podia contar com a própria família, aquela que dizia que fazia tudo pelos entes queridos. Fazer tudo implicava os códigos de conveniência. Ligou para Eva. Fazia pouco mais de um ano que não falava com ela. A amiga continuava casada e agora trabalhava em uma editora de livros pedagógicos.

– Você precisa de uma terapeuta, Helena.

– Não tenho dinheiro nem para comprar meu próprio papel higiênico, Eva.

– A gente vai dar um jeito. O Miguel tem que pagar pensão – argumentava a amiga.

– Aquele patrimônio que mencionei para vocês no último encontro das Mulheres Infinitas não existe. Mesmo que ganhasse uma ação, ele não pagaria. Tudo o que quero é começar de novo, e sem dívidas.

– Essas dívidas não são suas.

– Teoricamente não, mas assinei um documento – Helena explicou.

– Você vai fazer um *plot point* na vida, você vai ver.

– *Plot point*? – Helena perguntou.

– É uma virada inusitada no percurso, é isso. Vou falar com

meu primo que é advogado. Se informa também na Secretaria da Mulher.

Helena estava assistindo ao filme *Azul é a cor mais quente* quando Miguel abriu a porta bem na hora em que Ema e Adele transavam. Parou para espiar. Helena olhou para ele. Miguel foi até o quarto e voltou em seguida:

– Então é isso, tô começando a entender. Porque para me trocar, deixar nossa família de lado, só pode ser algo assim, um instinto maior.

Continuou falando enquanto na tela as personagens se lambiam:

– Bem que eu desconfiava mesmo que você era amiga daqueles veados. Você é lésbica, né?

Helena voltou a assistir ao filme.

– Vai me deixar falando sozinho?

Ela achou o controle e pausou a cena.

– Quer conversar? – perguntou a Miguel. – Senta aqui que a gente conversa.

– Está marcado para você falar com meu advogado na terça às onze da manhã, se é isso que você queria – ele disparou antes de sair pela porta com uma sacola de roupas.

À noite, voltou com um frasco de óleo de coco, dizendo que tinha aprendido uma massagem.

– Não, Miguel, não quero massagem. Para com isso. Isso deixa tudo mais difícil.

– Eu que estou deixando tudo difícil? – disse Miguel.

Ainda no sofá e com o controle pausado no filme, Helena pensava nos sinais que estavam ali desde o princípio – o pote de iogurte na parede, os insultos, o braço roxo, o carro que acelerava toda vez que ele não gostava de algo que ela falava.

Precisava contar à filha que ia se separar do pai dela. De banho tomado, as duas se sentaram no sofá com os pijamas de estampa de urso iguais que Helena tinha comprado. Leu um capítulo de *Pinóquio* para Alice e na sequência começou a falar. Miguel estava em casa, tomando banho, e ela não notou quando ele saiu do chuveiro e se postou atrás delas. Só se deu conta da presença dele quando sentiu o apertão no braço. Helena correu para o quarto, e ele foi atrás. Ela colocou um travesseiro na frente do rosto enquanto ele esmurrava a cara dela.

– Você ainda vai pagar muito caro – disse Miguel.

Assim que ele saiu do quarto, Helena correu para a sala, puxou Alice e se trancou. Miguel voltou a socar a porta. Dentro do quarto, ela pegou a filha no colo e juntas ficaram olhando para as árvores através da janela.

– Por quê? – Alice chorava.

Helena não sabia como explicar a uma criança de sete anos sobre separação. Ela mesma não sabia como tinha chegado àquele estado.

Miguel saiu e não voltou naquela noite, como vinha fazendo. Eva ligou para dizer que não conseguiu o advogado, que o primo queria cobrar, mas que arranjou uma consulta para ela com uma psicóloga.

Helena adotou uma gatinha de cor caramelo, queria dar para Alice uma distração. Deram-lhe o nome de Chimichurri. A gata acabou se afeiçoando mais à mãe do que à filha.

Levou Alice para a escola e passou no escritório do advogado do marido. Eles tinham feito um acordo de união estável quando tiraram o visto americano.

– Estou aqui para conciliar.

– Essas dívidas não são minhas, são da empresa. Eu não sabia – Helena tentou argumentar, e se lembrou da dona do apartamento que ela dividia com Martín na Espanha: "*Tu eres la que no sabe nada*".

O advogado continuou:

– Estou com o levantamento patrimonial aqui e só tem dívidas mesmo, você vai precisar assumi-las. Vou redigir um contrato em que vocês rompem a união estável. Te mando por e-mail.

Helena estranhou a conversa e foi a primeira coisa que contou a Cecília, a terapeuta indicada por Eva.

– Você quer fazer terapia para melhorar a relação com o marido ou se separar?

– Não tem o que melhorar, quero me separar, mas tenho medo. Minha mãe disse que eu vou ficar velha sozinha em uma casa cheia de gatos e agora eu adotei o primeiro, o Chimichurri.

– Sua mãe, é? – perguntava Cecília, colocando a mão no queixo como alguém que encontra alguma pista.

– Estou na beira de um precipício, se pelo menos eu tivesse um trabalho seria mais fácil.

– A gente vai reconstruir sua biografia aqui, você precisa olhar para o passado, e isso leva tempo.

– Sei, mas não tem como. Ele cancelou o cartão de crédito e só tenho dinheiro para fazer o mercado.

– Não vou te cobrar. Mas tem duas condições: você precisa me prometer que no dia em que você conhecer uma mulher nessa situação vai fazer a mesma coisa, ajudá-la. E a outra é que você deve arranjar uma advogada, dê um jeito.

Helena sentiu um arrepio nos braços. Ainda havia pessoas boas no mundo.

À noite, os dedos começaram a beliscar o peito, e Helena pensou que estava enfartando, mas logo reconheceu a velha angústia, o medo de perder o controle. Tateou as paredes até encontrar o interruptor e acendeu a luz. Alice dormia na cama dela. Foi até a janela e tentou abri-la. Sempre que isso acontecia, lembrava-se da infância na Nova Vila dos Hoffmann. Pensou no tio matador de aluguel, no que ele sentiu quando foi excluído da família.

O pai tivera dezoito irmãos e a mãe, nove, somando 27 tios e pouco mais de cem primos. Quando cresceu, Helena se deu conta de que faltava um tio por parte de mãe. O tio por parte de pai ainda não havia desaparecido. A mãe desconversou e a "rádio primo" informou que o tio tinha se tornado matador de aluguel e acabara morto. Quando estava na Espanha, uma vez Helena tomou uns vinhos a mais e ligou para a mãe, perguntando do tio.

– Não se meta nessa história – a mãe respondeu.

Um dia, foi visitar uma tia e perguntou sobre Arthur. Ela não tinha certeza de que o irmão havia se tornado um matador. Disse que ele era um jovem como qualquer outro, que gostava de sair, beber, e que queria construir a própria vida. Fumava maconha e não gostava de seguir as regras da Vila dos Hoffmann. Era amigo de muitas pessoas e por isso também começou a escrutinar as histórias das famílias que ali viviam.

A tia contou que, aos 22 anos, Arthur quis parar de trabalhar com o pai porque não recebia nada. Pediu que ele lhe pagasse um salário. Era jovem, desejava se vestir melhor e precisava de dinheiro para comprar roupas e também para sair com os amigos. O pai achou um absurdo e mandou que ele sumisse. Sem dinheiro nem casa, foi morar de favor com um casal de amigos da idade dele, Genásio e Ivete. Em um baile no salão da vila houve uma briga entre dois homens, e um deles apareceu morto no outro dia. Algumas pessoas começaram a falar que Arthur o tinha matado e que para isso recebera dinheiro. Ele tentou voltar para a casa do pai, mas depois do episódio do baile, o pai não aceitou.

Uma noite, Genásio convidou Arthur para caçar, mas ele disse que estava cansado, que ficaria em casa. Diante da chapa quente do fogão a lenha em que assavam pinhões, Ivete abriu um garrafão de vinho tinto colonial e ofereceu a Arthur. Era comum, quando Genásio chegava bêbado em casa, tirar Ivete da cama e lhe dar uns tapas, porque, segundo ele, a mulher ficava evitando dar para ele. Arthur reparou numa marca roxa no braço dela. Ele já estava na casa havia alguns dias e não só ajudava Genásio na roça como lavava a louça, varria, passava pano e até lavava as roupas dele que estavam encardidas. Ivete nunca tinha visto um homem fazer isso.

Mal Arthur elogiou o sorriso dela e Ivete imediatamente lhe agarrou o pescoço. Foram para o quarto, despiram-se rápido e já colocaram os corpos para se encostar pela primeira vez. Arthur nunca tinha transado com ninguém e Ivete, mesmo sabendo quase nada, tomou as rédeas. Águas começaram a verter daqueles corpos em contato – suor, saliva e lubrificação. Ivete estranhou a umidade da vagina, não era assim com o marido. A partir desse dia passaram a se encontrar quase diariamente para namorar. Às vezes, a transa tinha que acontecer em pé ao lado de uma árvore ou mesmo em cima de espigas de milho no paiol. Começaram a fazer planos de fugir.

Foi Genásio quem se envolveu na briga do baile, e, como Arthur frequentava outras rodas, logo soube que ele estava jurado de morte. Arthur continuava vivendo na casa deles, trabalhando com Genásio e transando com Ivete.

Uma noite, quando o marido chegou em casa, Arthur estava conversando com Ivete diante do fogão. O marido olhou para os dois. E Arthur foi logo avisando.

– Eles querem te matar.
– Como é?
– Estão falando que foi você que matou o Pedrinho.
– Tô cansado de tudo, vou dormir. Vem, Vete – disse o marido.

Naquela tarde, um homem da vila tinha procurado Genásio e contado que viu Ivete e Arthur no potreiro. O marido não dormiu naquela noite, pensando que talvez Arthur estivesse armando para ele morrer e ficar com a esposa dele.

Arthur estava voltando da roça quando dois homens o prenderam e o amarraram em uma árvore.

– É essa a árvore em que você faz o que não deve com a mulher dos outros?

Os homens tiraram um chicote e começaram a fustigar o pênis dele, que em poucos minutos ficou dilacerado. Depois disso, o homem sacou um revólver e descarregou dez tiros no coração de Arthur.

Helena decidiu ir com Alice passar alguns dias na casa dos pais. Ela e Miguel tinham assinado o acordo de separação naquela semana, e ele tiraria as coisas dele do apartamento. A mãe falava da época em que era criança e não tinha sapato para ir à escola, já tinha repetido essa história várias vezes.

– As pessoas hoje em dia não são mais capazes de passar por nada, são muito frágeis. Fui eu que encontrei ele morto na árvore todo ensanguentado – falou do nada.

Helena não teve coragem de perguntar depois disso. Mais tarde, quando a mãe estava cozinhando, comentou:

– Você não parou para pensar, mãe, que as pessoas não precisam mais passar por certas coisas, que estamos no século XXI?

A mãe lembrou que, quando o pai dela chegava bêbado em casa, os filhos corriam para o mato com a mãe e só voltavam quando ele dormia, para evitar o espancamento.

– Mas você lembra que a bisavó Odila, uma vez cansada disso deu um murro no saco do bisavô? E que depois disso ele chegava em casa e se enfiava quietinho na cama. Hein?

– Lembro – disse a mãe, novamente olhando para fora da janela que estava fechada.

O acordo de separação previa que Helena podia permanecer no apartamento enquanto o bem estivesse à venda. As dívidas estavam sendo avaliadas, e a advogada que ela conseguiu na Casa da Mulher Brasileira aconselhou-a a fazer contratos da separação e das empresas endividadas.

Ela recebeu uma mensagem de Eva, informando que abrira uma vaga de secretária na editora em que ela trabalhava. Lembrou que seu primeiro cargo foi aquele e, desde que tivesse um salário, podia ser qualquer um. A chefe de Eva relutou em contratá-la, porque Helena tinha um currículo bom demais para aquele cargo. Com a voz fraquejando, ela a convenceu a lhe dar uma chance.

Sete anos depois de voltar da Espanha, estava passando novamente um tempo na casa dos pais e agora com uma filha. Helena queria conversar tantas coisas com a mãe, mas via a raiva nos olhos dela por estar se separando. Enquanto jantavam a sopa de *spätzle* que Alice pediu para a avó fazer, ela olhava para a filha e a neta como se fossem órfãs que tivessem acabado de perder o pai.

Helena perdera sete quilos, usava cinto para as calças não caírem da cintura.

– Tô fazendo terapia, mãe.

– Gente que não sabe o que quer tem que fazer terapia mesmo.

Helena lembrou que quando ainda era adolescente o pai a chamava para ver na televisão os negros que estavam na cadeia. A mãe sempre fez serviços voluntários e, ao contrário dele, não tinha um discurso racista, mas o adotou depois de descobrir as traições do marido. A mãe tinha uma amiga negra que virou madrinha de crisma de Márcio. Descobriu que uma das amantes do marido era justamente a comadre dela. O pai tinha estudado até a quarta série, não tinha contato nenhum com os ascendentes europeus e mesmo assim continuava repetindo o hábito colonial de homem branco racista, que tem prazer com mulheres negras e usa as brancas para cuidarem da casa e procriarem.

– Papai disse que levava café na cama e pagava as contas. Por que você quer se separar dele? – A filha, que era tagarela, estava cada vez mais retraída, soltando frases aleatórias ouvidas do pai.

Helena se decidiu pela guarda compartilhada. Precisava trabalhar e não queria privar Alice da convivência com o pai. A mãe de Helena, ainda tomando a sopa devagar, olhou para ela na presença de Alice e disse:

– Não acredito que está abandonando a própria filha. Veja se uma cadela faz isso com os filhos.

– Mãe, não estou abandonando a Alice, ela só vai passar alguns dias com o papai, né, Alice?

O silêncio voltava a reinar, e a única coisa que o pai de Helena disse foi:

– Escuta sua mãe, Helena.

Depois do jantar, Alice foi com o avô brincar no pátio.

Mãe e filha foram lavar louça. Helena tinha vontade de tocar no assunto das mulheres negras, mas sabia que na família dela não se falava num tema esperando que rendesse um diálogo. Ou bem a conversa era jogada para baixo do tapete, ou bem era tomada por insulto.

– Mãe, por que quando eu era adolescente você dizia para eu não depender de homem nenhum e agora não quer que eu me separe?

– Você entende tudo errado, desde pequena era assim, você tinha mania de ficar fazendo pergunta. Um dia chegou a questionar até se Deus existia, olha que arrogância.

– Mãe, o Miguel sempre riu de você, lembra como ele tirava sarro da forma como você administrava a venda das calcinhas?

– Era brincadeira, você não via?

– Se a brincadeira machuca, não tem que brincar.
– Quê!? Vai escolher de que piadas posso rir agora?

Helena se lembrou de que nos últimos tempos Miguel tinha adquirido um hábito novo – tentava controlar até o vocabulário dela, que palavras podiam ou não serem usadas.

– Não, mãe. Não vou escolher nada pra você, e você não vai mais escolher nada pra mim. – Helena foi para o quarto com a filha.

Aquele era o quarto dela de solteira, onde dormia com Miguel quando viajavam juntos para Rio Azul. Pensou que às vezes acontece de as palavras saírem antes do pensamento e outras ficarem presas. A mãe dizia que ninguém faz o que não passa antes pela cabeça. Helena acreditou nisso durante alguns anos, mas agora percebia também que a palavra podia ser uma flecha, falar para sentir e agir.

Abraçou a filha e logo na sequência adormeceu, estava exausta. Não era um cansaço só daqueles dias, mas acumulado de alguns anos. De madrugada despertou com a sensação dos dedos beliscando seu peito e sentiu falta da presença de Miguel na cama. Levantou-se e foi ao banheiro. Sentou-se sobre a tampa do vaso fechada, abaixou o pijama e começou a mexer na vulva. O orgasmo logo veio trazendo junto uma percepção: a casa dos pais sempre fora o lugar do medo, se pretendia seguir em frente não poderia ficar ali. A mãe, sendo uma mulher mais velha, dizia que Helena tinha que escutá-la. Mas que conselho a mãe, uma mulher que aceitou as condições violentas de uma relação por anos, poderia dar? Precisava ir embora imediatamente dali, caso contrário corria o risco de voltar à sua condição anterior.

Helena se lembrou do seu filme sobre a Busca da Visão e que talvez estivesse perdido para sempre, não sabia. Mas as memórias em Terrassa e Barcelona, as imagens e as experiências de Tarragona que ela e a câmera viram e as frases de Carmencita jamais sairiam da cabeça dela – *tienes que elegir tus historias*. Repetiu para si – "eu sou Helena e quero escolher minhas histórias".

II.

Quando voltei para casa, o guarda-roupa estava vazio. Encontrei no lixo os últimos cartões que havia escrito para ele, assim como uma camisa azul nova de algodão que lhe dera de presente. Fui até o banheiro, sentei-me no vaso. Veio um choro compulsivo que disfarcei com o som da torneira. Não bastando isso, gritei numa toalha branca para abafar o som. Chimichurri, a gatinha, tinha ficado presa no box. Abri a porta e ela subiu no meu colo. Saí do banheiro ainda chorando. Alice notou e me ofereceu um chá imaginário feito com o jogo de panelinhas.

À noite fiquei deitada no quarto de Alice até ela pegar no sono. Mais de uma vez tentei sair do abraço dela enroscado no meu pescoço, mas ela acordava. Quando saí fui até o meu quarto, fechei a porta, sentei-me na cama e acendi um cigarro. Aquele quarto precisava ser meu.

Comecei a trabalhar na editora Betta no dia seguinte. Logo na entrada vi um peixe de corpo azul cintilante com nadadeiras enormes. Algumas pessoas não entendiam como alguém que tinha um currículo como o meu estava tão feliz exercendo a função de secretária. O trabalho era simples, atender telefonemas, cuidar da agenda da minha chefe e ajudá-la com a produção e a edição de materiais. Descobri que gostava de planilhas, e, como no café dos peruanos em Terrassa, comecei a fazer mais do que era minha função original. O dinheiro mal dava para pagar as contas. Mas, se eu tinha aprendido a tomar banho com três litros de água, era possível pensar em transformar água em vinho.

O acordo da guarda compartilhada saiu rápido e o pai teria que pagar uma pensão alimentícia para a filha, ainda que a quantia não fosse muito alta. Miguel não assinou os contratos que a advogada propôs sobre a dissolução dos bens e das empresas no meu nome. Não queria se responsabilizar pelas dívidas sozinho. Assim o processo que poderia ser simples virou litigioso e iria envolver vara de família e um possível juiz ou juíza.

Nas semanas em que Alice não estava com o pai, eu a levava ao trabalho de meio período e à tarde à escola pública em que estava matriculada. Uma vez por semana, eu frequentava a sessão de terapia. Almoçando com Eva, descobri que ela estava tentando se separar também.

– Pensei que era feliz.

– Acho que não tem um casamento que se salve neste mundo patriarcal. Talvez um ou outro milagre.

Miguel vez ou outra me convidava para jantar, e eu recusava. Esse tipo de vida tinha que deixar de existir.

No primeiro fim de semana em que Alice ficou com o pai, fui pela primeira vez sozinha e solteira a um evento de artes. Chamei Eva para ir comigo, mas ela desmarcou em cima da hora. Quem me convidou foi uma professora de literatura, com quem cruzei em um corredor da editora apenas uma vez, a Leila. Como eu estava sozinha, ela me apresentou aos amigos. Um deles se chamava Ive.

– Yves Saint Laurent? – brinquei.

– Helena de Troia?

Conversamos um pouco e decidi entrar para ver a exposição. Eu havia me proposto a ficar pelo menos três anos solteira, queria viajar, cuidar da minha filha e sair sem compromisso. Agora tinha orgasmos sozinha e podia testar isso com os homens. No dia seguinte ao evento, entrei no Facebook e encontrei um convite de amizade de Ive Hoffmann.

Gargalhei. Certas coisas na minha vida não tinham mesmo lógica. Aliás, a lógica de quem? Tinha vivido quinze anos em uma vila sem conhecer nenhum Hoffmann e finalmente agora conhecia um. Ele me perguntou se eu tinha comprado alguma obra de arte. Respondi que não. Convidou-me para ir a outra exposição com ele. Alice não quis permanecer na casa do pai e acabou voltando para casa, então eu disse que estaria livre apenas no sábado seguinte. Ele respondeu que na semana seguinte estaria em Berlim. Tinha comprado uma passagem para ficar dois meses na Alemanha.

Quando voltei de Barcelona, tranquei dentro de mim tudo o que tinha vivido com Pablo, e minha cabeça se transformou em um quarto cuja chave nem eu mesma tinha. Como as esposas de Barba Azul, eu também já vivi num castelo onde se pode fazer tudo, menos abrir determinado cômodo. Quando conheci Ive, logo me lembrei de Pablo. Eles não eram parecidos fisicamente, mas ambos se interessaram pelo que eu era de verdade.

Não me lembrava do sobrenome de Pablo, mas comecei a procurá-lo nas redes sociais. Queria saber se ele ainda existia e, mais do que isso, se a imagem que eu guardava dele correspondia à realidade. Descobri que ele vivia nos Estados Unidos e continuava trabalhando com cinema. Senti um formigamento nos pés que poderia subir e devorar meu corpo inteiro. Segurei o celular com a mão esquerda e com a direita comecei a me masturbar. Já fazia muitos anos que não nos víamos e eu não me lembrava do cheiro dele. Mesmo assim me senti um baiacu que infla.

Depois de ver as fotos de Pablo, lembrei que precisava me ancorar no aqui e agora – nem no passado, nem no futuro. Esquecer os esqueletos deixados no cemitério da Vila dos Hoffmann, como o de tio Arthur que a família preferiu não transferir de cova.

Trabalhei três meses e a editora fechou para as férias coletivas de final de ano. Eu não sabia o que significava essa palavra, ninguém na vila tirava férias, Miguel também não. Eu não tinha dinheiro para viajar e não queria ir para a casa dos meus pais. Melhor seria ficar no apartamento e fazer alguns passeios com Alice. Queria levá-la ao museu egípcio que tinha uma múmia.

Quando viajei a Brasília para o concurso de projetos, fiz conexão em São Paulo. O voo de sexta-feira foi cancelado, e a empresa área pagaria o transporte e a hospedagem para uma noite. Acontece que cheguei ao hotel e não tinha reserva nenhuma, precisei pagar. Só embarquei no outro dia e minha bagagem tinha sido extraviada também, e por isso em Brasília eu estava na festa de camisa preta e calça jeans, a roupa com que tinha embarcado. Na época, com a ajuda de um site, protocolei uma ação contra a empresa aérea e esqueci o assunto.

Eis que a indenização chegava agora. Pensei que poderia fazer uma viagem barata pela América Latina e guardar metade para fazer a mudança. Em seguida pensei na minha mãe e ponderei que seria loucura usar mesmo que parte desse dinheiro para viajar. As dívidas continuavam no meu nome e eu não sabia o que o juiz decidiria sobre isso. Sonhava quase todos os dias que ia comprar pão e tinha perdido o dinheiro no caminho. Ao mesmo tempo que pensava nisso, estava de novo embriagada pelo presente, e disse em voz alta:

– Foda-se! Quero estar viva e de preferência em um lugar desconhecido nos próximos dias.

Comecei a pesquisar lugares e lembrei que na faculdade tinha ouvido falar do Trem da Morte, que sai do Brasil e vai até a Bolívia. Organizei as férias de Alice para ela ficar metade com o pai e metade comigo, e deixei Chimichurri com Eva.

Minha mãe ligou e, quando contei que ia viajar, ela disse que com certeza eu tinha encontrado um amante e por isso tinha terminado meu casamento.

– Não, mãe, vou viajar sozinha.

– Então você ficou mesmo louca. Uma mulher indo sozinha pra Bolívia?

Desliguei o telefone na cara da minha mãe pela primeira vez na vida. Ela ligou em seguida, mas não atendi. "Eu sou Helena, uma mulher adulta que tem prazer e faz escolhas", pensei.

Comprei uma passagem de avião para ir até a região do Mato Grosso do Sul e depois me viraria de ônibus.

Quando estava indo para o aeroporto, fui deixar Alice com o pai e ele ofereceu carona. Ao descer na garagem do prédio, deparei com um Camaro amarelo. A diferença estava guardada em uma só imagem. Eu tinha comprado uma mochila vermelha para fazer minha primeira viagem como mochileira. Ele comprou um Camaro amarelo. Era o meu nome que estava sujo no mercado e não o dele.

Chegando à divisa da Bolívia com o Brasil em Corumbá, fiquei cinco horas embaixo do sol em uma fila até conseguir a permissão para entrar no país. Já era noite quando comprei uma passagem de ônibus para Santa Cruz. O veículo, que era de linha, estava cheio de bolivianos e jovens brasileiros que faziam faculdade de medicina naquele país. Não tinha banheiro e levaria pelo menos oito horas até que a gente atravessasse todas as estradas estreitas de terra batida. Avistei os relâmpagos pela janela. As nuvens estavam carregadas e a tormenta logo alcançaria o ônibus. Diante da chuva iminente e das estradas esburacadas que chacoalhavam todo o meu corpo, entreguei-me à beleza de poder estar em um caminho ainda não percorrido. Estar naquela estrada era um milagre.

Cheguei à rodoviária e pesquisei antes de entrar em um táxi, já tinha ouvido histórias de mulheres estupradas por taxistas, fossem bolivianos ou não, acontecia em todos os lugares. Tinha reservado uma pousada em Santa Cruz. Embora tivesse feito uma lista de lugares que eu queria conhecer, esperava me deixar guiar pela intuição. Nos dias em que estive lá tentei fazer um diário de sensações. Experimentar novos sabores de sorvete, *helados de achachairu*, *pacay* e *chirimoya*. *Mazorca de cacao, flor de Jamaica, motoyoé, ocoró*... tantos nomes de que nunca tinha ouvido falar.

Decidi que iria para Uyuni, o deserto de sal boliviano. Durante 24 horas troquei três vezes de ônibus para chegar à cidade. Eu não sabia que naquele fim de semana aconteceria uma corrida de carro no deserto e os hotéis estavam lotados. Não foi muito fácil achar um quarto para dormir, e no final dividi espaço com uma mulher e um homem. Na manhã seguinte comprei um pacote turístico: sairia de jipe com mais quatro pessoas, além do motorista, em direção ao deserto. Para minha mãe não se preocupar, avisei que ficaria três dias sem internet, sem comunicação.

No carro estavam uma brasileira de Mato Grosso do Sul e dois amigos suecos. O pacote incluía comida, passeios e hospedagem em um hotel simples. Dormiria duas noites no deserto. Conforme a cidade de Uyuni ficava para trás, a paisagem do deserto foi surgindo. Formas e cores mudavam, mas o horizonte permanecia sempre o mesmo. Era possível avistar solo e céu azul de longe.

O primeiro lugar onde paramos foi a Lagoa Colorada. Uma lagoa vermelha com tons de azul em frente a uma montanha verde. No pico, a neve descia pela montanha. Aquela era uma lagoa. Meus pais tinham razão: o que existia ao lado de casa era um açude. De longe avistei pontinhos vermelhos na superfície da lagoa e só quando me aproximei percebi que eram flamingos. Queria que Alice estivesse ali para ver aquilo, mas ela ainda teria muito tempo para rodar o mundo.

Levei apenas um tênis vermelho para usar e o fotografei contra os diversos e desconhecidos terrenos que pisei. Meu tênis andou pelo deserto de sal, nas pedras, nas rochas que imitavam pessoas, no deserto de cactos, na areia e nos gêiseres.

Ao meio-dia, o motorista parou para fazer uma fogueira e esquentar as comidas que havia levado, e também para sapecar uma carne na brasa. Ao experimentar um bocado, senti um gosto forte. Era carne de lhama. Na infância na vila tinha comido galinha, porco, tatu, paca, pato, capivara, rã, cobra, veado e até asinhas de pomba preparadas em um risoto que meus irmãos fizeram, mas lhama era a primeira vez.

À noite, o motorista nos conduziu até um pequeno rancho. Os homens dormiriam em um quarto e as mulheres em outro. Era necessário pagar taxa extra caso a gente quisesse *agua caliente* no chuveiro. De banho tomado, nos reunimos em uma mesa grande para jantar quinoa com atum e salada. Sentada, comecei a ouvir as conversas. Eles falavam em espanhol, inglês, japonês e outras línguas que eu não conseguia decifrar. Não era necessário entender o que os outros diziam, bastava estar sob o céu do deserto, este céu que nos protege, como dizia Bertolucci.

Depois do jantar, saímos para ver o céu. Nunca o tinha visto assim. Nem quando eu e Miguel paramos diante da placa da Nova Vila dos Hoffmann. Não havia iluminação nenhuma e as estrelas pareciam explodir sobre minha cabeça. A menina de Mato Grosso do Sul passou um baseado, e eu aceitei. Desde que voltara de Barcelona, eu nunca mais tinha fumado. Ive continuava na Alemanha e entre esses dois países a gente trocava fotos e mensagens desde o primeiro dia em que ele me adicionou no Facebook. Ainda faltava um mês para ele voltar ao Brasil e eu estava com saudades de algo que nem tinha conhecido.

Depois de um tempo, pareceu que o céu havia se aproximado de mim. Na verdade, foi a minha cabeça que se aproximou de um sueco e comecei a beijá-lo. Queria muito transar com alguém depois de ter tido meu primeiro orgasmo, depois do divórcio, só que os quartos eram compartilhados. Não aconteceu. Quando a viagem de três dias terminou, ele me convidou para ir com ele ao deserto do Atacama. Seria incrível, mas a realidade esperava por mim. Estava com muitas saudades de Alice. Era a primeira vez que ficava tantos dias longe dela.

Quando fui buscar minha filha, ela não queria mais voltar para casa. Como o pai também iria viajar, não teve escolha e retornou emburrada e com uma sacola de presentes e roupas novas que Miguel tinha comprado. Naquela noite dormimos juntas, mas de repente acordei e não sabia onde eu estava. Farejei o cabelo de Alice, que cheirava a camomila, abracei seu corpo quentinho. Ela estava ali comigo de novo.

Eu tinha dito a mim mesma: "eu sou Helena, uma mulher adulta que tem prazer e faz escolhas". Mas o corpo não recebe comandos imediatos. Os hábitos e os sentimentos aprendidos não deixam um corpo de repente. Nas redes sociais postava fotos de viagens, comidas e novas experiências como se tudo já tivesse mudado, mas me sentia ainda como as árvores na antiga Vila dos Hoffmann, que mesmo mortas estavam agarradas ao chão.

Perto do dia da volta de Ive, marcarmos de tomar um vinho. Eu alternava entre as noites em que tinha ataques de pânico e aquelas em que não dormia pensando nele, tentando administrar a casa sozinha, as minhas dores e as de Alice.

Eu e Ive tínhamos nos visto uma vez só, mas conversado durante dois meses. Não sabia se quando tirasse a prova do gosto da boca e de nossos corpos juntos a paixão continuaria existindo. No início de fevereiro a gente marcou um encontro em um restaurante à noite. Tentei chegar cinco minutos atrasada, mas não consegui. Coloquei uma blusa com flores bordadas em vermelho que eu trouxera da Bolívia. Antes disso, mandei fotos para Eva, para saber a opinião dela – não queria chamar atenção demais nem de menos. Fazia mais de dez anos que isto não acontecia, ir a um encontro. Ao entrar no restaurante, sentei-me ao lado de Ive no balcão e disparei a falar da gata que estava no cio e que foi operada. Essa história encobria outra que havia acontecido ainda em janeiro.

Depois que voltei da Bolívia, Well me convidou para ir com ele a uma festa. Eu ainda não tinha conseguido transar depois da separação e pensei que poderia arranjar alguém. No portão, vi um cara de peitoral grande, bronzeado, sem camisa e de boné cobrando os ingressos. Ele chamou minha atenção.

– Já achei o meu – disse a Well.

Mais tarde, encontrei uma funcionária da editora no banheiro e pensei que ela poderia conhecer o cara da entrada.

– Ei, vem cá, eu vi um cara bonitão lá cobrando ingresso. Você sabe quem é?

– Meu marido. Bonito, né!?

Não sabia onde enfiar a cara, mas mesmo assim precisava encontrar alguém para transar. Já tinha tomado algumas cervejas. Vi então um rapaz conversando com duas garotas e me interessei por ele. Well se ofereceu para me ensinar como fazê-lo vir até mim.

– O truque é encará-lo, e quando ele olhar, desvie o olhar.
– Tipo quando a gente joga uma linha para o peixe beliscar?
– É mais ou menos assim – continuou Well.

Em poucos minutos o rapaz, Tarcísio, veio conversar comigo. Fiquei impressionada com o truque de Well. A gente deu uns amassos ali no carro da editora. Volta e meia eu pegava emprestado para fazer algum serviço e ficava com ele. Perguntei se o moço queria ir para a minha casa.

– Quero, mas estou de bicicleta.
– Bicicleta?
– É, mas posso deixá-la aqui e depois você me traz.
– Está bem – concordei.

Era a primeira vez que eu levaria alguém para o apartamento depois da separação. Era importante colocar outro homem naquela cama, podia ser qualquer um. Um que me comesse bem gostoso e que fosse embora em seguida. Chegamos ao apartamento e me dei conta de que talvez ele fosse mais novo do que aparentava.

– Quantos anos você tem, Tarcísio?
– Vinte. E você?
– Trinta e quatro.

Fomos para o quarto e o rapaz estava se saindo bem quando escutamos a gata fazendo um som estranho na sacada. Logo em seguida o interfone disparou.

– Sua gata está no cio, faça alguma coisa.
– Eu!? Como eu faço isso parar?

Eu não tinha a mínima ideia do que fazer. Talvez sair pelo bairro e arranjar um gato para ela? Outros vizinhos interfonaram. Chimichurri continuava gritando na varanda. Não havia o que fazer, a não ser voltar para o quarto e terminar o que eu tinha começado. Subi em Tarcísio e enquanto ele colocava o pau dele para dentro comecei a me masturbar, e assim gozei. Foi a maneira que encontrei, me masturbar enquanto transava. Por que nunca ninguém tinha me dito antes que isso era possível? Que era assim que a maioria das mulheres gozava?

Chimichurri aos poucos foi deixando de grunhir. Lembrei que eu tinha que levar o rapaz até a bicicleta, mas estava tão inebriada no meu gozo que perguntei se podia pagar um táxi para ele. Tarcísio concordou. Tirei da carteira uma nota, sendo que a corrida custava bem menos. Ele não tinha troco, mas disse que pagaria um lanche para mim quando voltasse a me encontrar.

"Um lanche", pensei. "Transei com um menino." Me pediu para anotar o telefone e ligar no celular que dividia com a mãe. Quando contei a história para Eva, ela disse que parecia que eu tinha pagado para ele fazer o serviço, já que tinha sobrado um belo troco para ele.

Ao encontrar Ive, contei a história da gata porque estava nervosa com o nosso encontro. Mas não contei o que tinha acontecido enquanto ela estava no cio. Ele se vestia elegantemente, tinha um nariz fino que dava vontade de morder e me deixava desconcertada quando olhava diretamente em meus olhos. Comemos espetinho de camarão e bebemos uma garrafa de vinho. Nessa época eu ainda bebia antes de dirigir. Mas queria parar de fazer isso, ser uma pessoa melhor.

No semáforo eu o beijei, tinha pressa de conhecer o gosto dele. Os lábios dele eram tão grossos que engoliram os meus. Um beijo quente e suave ao mesmo tempo, na temperatura certa. O beijo estava aprovado, pelo menos para mim. Seguimos até a casa dele e abrimos mais uma garrafa de vinho na sala. Na sequência ele me chamou para o quarto. Em cima da cama com uma taça de vinho tinto nas mãos, começou a contar uma história de quando estava em Berlim e um dia acordou em Praga. Eu quis saber mais, mas ele prometeu que continuaria outro dia. Eu o apelidei de Sherazade de meias.

A gente se deitou na cama e senti que não queria transar naquela noite. Aceitei pela primeira vez o que meu corpo estava me dizendo. Tinha bebido muito e só queria estar ali abraçada com ele. Dormimos juntos. Quer dizer, ele dormiu. Eu não conseguia dormir na presença de um estranho. Fiquei acordada olhando o quarto, as roupas do seu cabideiro que se empilhavam umas sobre as outras formando um grande monte, o pó e as bitucas de cigarro que se acumulavam sobre a mesa do computador. Senti a alegria de estar andando por novos quartos outra vez.

III.

Uns dois anos depois de transar pela primeira vez com Miguel, marquei uma consulta com um ginecologista especializado em disfunções sexuais. Pedi dispensa do trabalho, disse que iria a um clínico geral.

A clínica ficava nos fundos do primeiro andar de um prédio no alto da rua Quinze. Não tinha secretária e era o médico mesmo quem fazia a recepção. Ele me disse para ir até o banheiro, tirar toda a roupa e vestir o jaleco, pois iria me examinar. Pelas rugas e cabelos brancos presumi que ele tinha a idade do meu pai na época, uns sessenta anos. Não era a primeira vez que eu ia a um ginecologista e esse era o procedimento padrão. Me deitei na maca ginecológica. Olhei para o teto. Era melhor que fechar os olhos, não queria encará-lo naquelas circunstâncias. Já era difícil falar com um médico sobre minhas relações sexuais com Miguel e a inexistência do orgasmo. Primeiro, ele apalpou meus seios para ver se não havia nenhum caroço. Estranhei porque não era uma consulta para isso, mas pensei: "vai saber, deve ser o procedimento".

Depois, ele foi descendo as mãos sem luva até a minha vagina para examiná-la. Repetiu em voz alta e fanha mais de uma vez que era preciso fazer o toque. Foi aí que de repente senti os dedos frios e enrugados dele roçando no meu clitóris. Em seguida ele enfiou o dedo no meu canal vaginal.

– Preciso medir a pressão.

Ele começou a circular o dedo dentro da minha vagina por um bom tempo até que meteu a cara na minha boceta como um porco faminto.

Num impulso, sentei na maca, como quando acordava à noite e os cachorros latiam na casa da vila rural e eu não sabia se havia uma pessoa no pátio. O médico voltou a dizer que precisava ter certeza de que eu não tinha nenhum defeito. Saí apressada tentando cobrir meu corpo com o pouco de tecido que tinha. Corri até o banheiro e me tranquei lá para colocar a minha roupa. Era como naqueles filmes em que o assassino está atrás de uma pessoa e ela precisa pegar a chave da bolsa para abrir a porta. Eu precisava colocar a roupa e sair de lá. Na primeira tentativa coloquei a calça de trás para frente. Não sabia se ele tentaria abrir a porta ou não. Já vestida e agora com a calça abotoada, espiei e vi que ele estava sentado escrevendo algo na mesa do consultório. Ainda andei até a mesa dele, não sei por quê. De maneira séria, ele tentou me explicar que só estava tentando examinar a situação para me dar o diagnóstico, balançava a cabeça como se eu fosse uma ignorante que tivesse entendido tudo errado. Ele estava certo em algum ponto. Eu ignorava o que as pessoas faziam comigo.

Não contei a ninguém. Este era o mecanismo, fazer a mulher se sentir culpada de ser tocada e jamais indicar o agressor. Estou tentando ainda lembrar o nome do médico, mas apaguei. Tive por muito tempo o hábito de esquecer as coisas ruins, em vez de processá-las. Talvez eu não fosse tão diferente da minha mãe, que jogava as merdas para baixo do tapete, mas agora eu começava a ensinar ao corpo novas formas de viver.

Foi depois desse episódio que minha relação sexual com Miguel degringolou de vez. Minha vagina se contraía e ressecava. Um ano depois, não me dando por vencida, fui ainda consultar uma sexóloga. Dessa vez escolhi uma mulher. Não me ocorria dizer o que gostava na cama porque eu mesma não fazia ideia. Só pensava que eu tinha um defeito e que precisava consertá-lo. A mulher que me examinou disse que a princípio estava tudo normal, mas queria que eu fizesse alguns exames. Mal tinha dinheiro para pagar a faculdade, que dirá para gastar uma grande quantia em um tratamento. Comecei a aceitar a normalidade dos fatos que eu construía sobre mim.

Com 23 anos, encontrei uma pessoa que se dizia xamã e trabalhava com terapia sexual tântrica. Isso foi depois da tentativa de morar com Miguel. Já tinha feito uma cerimônia com ayahuasca e pensei que poderia ser uma solução. Sem ninguém saber, marquei uma consulta. Dirigi cinquenta quilômetros de Curitiba até uma chácara na região metropolitana. Quando falamos por telefone, ele me instruiu a levar biquíni e toalha de banho.

Chegando lá, trocamos poucas palavras e me lembro bem de ele ter dito que era necessário se entregar ao tratamento se eu queria ver resultados. Demoraria duas sessões para entender o que ele queria dizer com isso. Ele vestia túnica com colar de sementes por cima e calça bege, vestes típicas de uma pessoa que precisa parecer um xamã. Coloquei o biquíni vermelho e o segui até uma sala envidraçada com vista para o jardim. Do alto da casa e daquela sala, era possível ver as montanhas e toda a natureza que brotava ao redor. Um banho de ofurô estava preparado e exalava um perfume de lavanda. Bastava eu entrar e ficar ali um tempo, sentindo o calor do sol e da água morna na minha pele. O sol batia na vidraça e assim iluminava meu corpo. Me senti amada e só fui sentir isso de novo quando Ive beijou minhas costas pela primeira vez.

Me deixei ali na água quente com o meu corpo mergulhado, evitando os pensamentos. Depois de um tempo, ele trouxe uma toalha, pediu que eu me enxugasse e permanecesse de biquíni. Atravessamos juntos o jardim até outra pequena casa que ficava no mesmo terreno. O sol já estava mais baixo e em pouco tempo escureceria.

Na pequena casa havia uma sala com tatame, estatuetas e chocalhos. Ele me pediu que eu tirasse o biquíni e me deitasse. Eu estava ainda com alguns pingos de água no corpo e a pele quente. Ele colocou um mantra, acendeu um aquecedor elétrico e pegou o palo santo que já estava queimando para espalhar pelos quatro cantos da casa.

Sentou ao meu lado na altura da minha cintura. Preferi fechar os olhos e me entregar àquelas mãos que acreditava serem de cura. Ele mergulhou suas mãos em um óleo de coco e começou a besuntar todo o meu corpo, fazendo uma massagem que subia das minhas coxas até a vulva. Ele disse que era preciso tirar o prazer da vagina e o colocar em todo o corpo, que as pessoas se equivocam quando focam em órgãos sexuais. Depois de um tempo falou que provavelmente eu precisaria de muitas sessões ainda. Estava tudo bloqueado. Me perguntou se eu tinha sofrido algum abuso sexual e eu disse que não. Nessa época ainda não conseguia identificar que tinha sofrido vários. No final, paguei e fui embora.

Após um mês, como combinado, voltei para continuar o tratamento. Estava disposta a fazer algo por mim mesma. Dessa vez, não teve banho quente de ofurô com flores e fui conduzida diretamente para a casa menor. Ele me instruiu a tirar a roupa e me deitar no tapete. Ligou uma música, fez massagem com óleo. Até aí, foi parecido com o que eu tinha vivido na sessão anterior. Em seguida, ele tirou a roupa e se deitou a meu lado, dizendo que eu devia confiar, se eu quisesse mudar precisava me abrir.

Agora eu estava nua com um homem de sessenta anos em uma chácara distante de Curitiba enquanto ele vestia a camisinha. Sem tempo de pensar, ele subiu em mim e me penetrou. Essa situação não era diferente de muitas que eu vivi, mesmo as permitidas. Durante o ato, ele chegou ainda a me dizer que eu não deveria ter preconceito por ele ser mais velho. Era irônico que enquanto tentava encontrar a cura eu deparava com a própria doença.

Uma semana depois do meu encontro com Ive, fui para a casa dele com uma mala com minhas pantufas, um roupão vermelho de coração dourado e um pacote de tapioca. Na Espanha transei com pelo menos dez homens na tentativa de decifrar algo de mim mesma, demorei a entender o ponto de vista do corpo – que ele antes precisa entender coisas por si próprio para depois se expandir para uma relação com o outro.

Depois de dois meses conversando via Messenger, eu levaria ainda uma semana para transar com Ive. A primeira vez foi como um susto, entrar em um vórtice e sair dele três horas depois. Nunca soube o que era estar conectada com uma pessoa durante tanto tempo. Escutei pela primeira vez o som de um estalido, como um pinguim que se joga no mar: era meu corpo se destampando.

IV.

Ive e eu começamos a nos ver nos fins de semana em que Alice ia para a casa do pai. Embora eu estivesse vivendo uma paixão, meu corpo ainda guardava grandes dores, que volta e meia me afogavam de madrugada. Depois de um fim de semana leve, cheguei à editora e descobri que meu salário tinha sido bloqueado por uma ação judicial do banco em função das dívidas da empresa de Miguel.

Comecei a meditar. Era tempo de agir, mesmo que lentamente. Mais de uma vez fui à delegacia da mulher porque era ameaçada por Miguel. A delegada dizia que eu necessitava de uma medida protetiva, mas como? – se a gente alternava a guarda e eu precisava deixar Alice na casa dele. Descobri nessa época que, mesmo quando é comprovado que uma mãe passa por violência doméstica, ela precisa dividir a guarda caso o pai queira, porque a Justiça entende que não necessariamente esse pai será violento com o filho.

Eu tentava manter a sanidade e a concentração no trabalho enquanto tudo parecia ruir, eram as consequências de muito tempo em inanição. Eu tinha me prometido ficar sozinha, mas como dizem os espanhóis: *no hay camino, se hace el camino al andar*.

"Nem todos os homens são iguais, mãe", eu gostaria de ter dito a ela, mas na época falávamos apenas o necessário. Compartilhar a vida com Ive me fazia entender muitas coisas sobre mim mesma, mas demorei para contar a ele todos os problemas que me assolavam.

Quando comecei a sair com Ive, ele dividia o apartamento com um amigo. Nos fins de semana em que eu ia para lá, nos enfiávamos no quarto dele. Era uma espécie de acampamento personalizado. Ele preparava o café da manhã, depois o almoço e o jantar e trazia para o quarto, sempre em uma bandeja. A gente comia, fumava e trepava ali dentro, e no final do dia o lugar estava impregnado de todos os nossos cheiros.

– Amor, só falta nossa suíte para não vestirmos roupa toda vez que saímos do quarto.

– A gente pode comprar um penico – brincava Ive.

Foi nesse quarto que comecei a exercitar minha voz. A nossa cama, sim, se mexia durante a transa. Quando gozava, eu sentia vontade de urrar como uma loba. Não queria mais segurar nada que me trancasse a garganta. Sempre disseram que é falso quando uma mulher goza alto em um filme pornô. Descobri que para mim não era – gostava mesmo era de deixar todos os sons saírem pela boca.

No domingo à noite, quando voltava para casa, sentia-a vazia novamente. Invejava às vezes a vida que Ive levava com o amigo. Em uma casa bagunçada, ele não tinha horário para chegar, estava livre para andar pela cidade e não sentia culpa por fumar, coisa que eu sentia. De quantas culpas ainda eu teria de me livrar?

Depois de alguns meses transando com Ive, ele me perguntou:

– Como eu faço para essa boceta ser só minha!?

– Se você quer que seja só sua agora, pode ser. Estou de acordo. Onde assinamos os papéis? – brinquei. – Porque se a boceta estiver sob custódia, o pau também precisa estar.

Fui com Alice ao Passeio Público para apresentá-la a Ive. Na ocasião em que eu lhe contara, ela chorou, não queria que a mãe tivesse um namorado, mas quando o conheceu teve uma conexão imediata. Ela sempre gostou de desenhar e assim os dois tinham vários assuntos em comum. Alice tentava inclusive roubar a atenção para si, mas Ive não deixava, fazia questão de dizer que a pessoa mais importante que havia ali era eu. Os limites eram bons, mas ao mesmo tempo ele nunca a convidou para ir à casa dele e não a incluía nas programações.

Começar um namoro também exigia muito de mim. Ive já tinha sido casado e estava sozinho havia muitos anos. Eu estava saindo de uma relação de mais de quinze anos e ainda não conseguia comunicar o que me desagradava.

Mesmo os processos sendo lentos com uma advogada do Estado, eu me sentia representada. A primeira ação dela foi desbloquear o meu salário enquanto o processo corria. As dívidas das empresas permaneciam. O apartamento foi vendido e aluguei outro no centro de Curitiba, em frente ao Paço da Liberdade, próximo ao calçadão da rua Quinze. Eram as minhas *ramblas*. Depois de muitos anos vivendo em bairros afastados, estava voltando ao centro da cidade. Queria levar meu corpo para andar pelas ruas.

Alice não gostou do quarto dela no apartamento, que era apertado e sujo, nas palavras dela. Começou a trancar a porta do quarto e quando eu tentava abraçá-la se esquivava, falava comigo de maneira rude. Eu tentava mostrar a ela como ela falava comigo, dizia que estava sendo difícil, mas nada mudava. Cheguei a dizer a Eva que, quando estamos em um relacionamento no qual somos maltratadas, podemos sair dele, mesmo que com muito tempo de atraso, mas numa relação mãe e filha tudo é mais complexo.

Alice volta e meia me pedia um irmão. No trajeto da escola daquele dia ela começou a rezar no banco de trás do carro. Era novembro e ela queria um irmão até o Natal.

– Vou rezar para o anjinho – ela disse.

– Não é possível, Alice, precisa de no mínimo nove meses para engravidar e nascer uma criança.

– Eu vou rezar mesmo assim, "santo anjo do Senhor...".

– Você sabe que precisa de um homem para fazer um filho, e agora a mamãe está separada.

– Eu vi na televisão que tem mulheres que têm filhos sozinhas, não precisa de homem, mamãe.

Quando comecei a namorar Ive, estava nos meus planos ter um segundo filho, já que eu estava com trinta e poucos anos e ele ainda não era pai. Eu também queria saber como era ter um filho com outro homem. Montei mais um dos meus planejamentos. Primeiro teria que entrar no mestrado de relações internacionais, passar em um concurso para professora estatutária de uma universidade pública para ter um salário fixo e engravidar.

Não passei no programa de mestrado, muito menos consegui uma vaga de professora na universidade e continuava trabalhando como secretária. Sempre fiz plano A e plano B. Quando voltei da Espanha, pensei que se não continuasse com Miguel me mudaria para São Paulo, lá teria mais oportunidades.

Eu e Ive tínhamos trocado ideias sobre ter um filho e inicialmente ele queria, foi só dois anos mais tarde, durante uma viagem a Jackson Hole, que ele disse que não tinha mais certeza. Eu ainda queria e me lembro da sensação de desapontamento. Ive foi convidado para permanecer um mês nos Estados Unidos em uma residência artística. Tinha me chamado antes para passar um mês em Berlim, mas como surgiu a residência, disse que eu poderia encontrá-lo lá. Ele pagou as passagens. Alice queria ir junto, mas eu não tinha como pagar uma viagem assim para ela.

Em janeiro de 2017 cheguei de madrugada ao aeroporto de Newark. De manhã, embarcaria para o Wyoming. Não percebi na hora que eram aeroportos diferentes e precisava ir até o aeroporto John F. Kennedy. Usei a mochila vermelha com que fui para a Bolívia e planejei pegar um metrô de madrugada. Não tinha muito dinheiro para gastar. Uma mulher ao meu lado no avião disse que era perigoso uma mulher estrangeira sozinha no metrô de madrugada.

Como meu inglês não era muito bom, pedi ao taxista que escrevesse o valor da corrida em um papel. Ele fez isso, eram oitenta dólares. No meio da viagem, o homem começou a gritar em um momento que passávamos por uma região que não tinha casas, dizendo que eu deveria pagar mais cem dólares antes de chegar ao aeroporto. Tentei conversar, até que dei o dinheiro. Como argumentar em inglês com um homem gritando dentro de um carro em um país que eu desconhecia?

Ive foi me buscar no pequeno aeroporto de Jackson Hole. Estava todo embrulhado com uma jaqueta grossa amarela, luvas, gorro e cachecol onde só os olhos apareciam. Fazia quinze graus negativos e não era possível ver a cor do asfalto ou das árvores, tudo estava coberto pela neve – as montanhas, as ruas e parte das casas. Ele estava hospedado em um estúdio que era uma casa na parte de cima e um ateliê na parte de baixo.

A cidade era pequena e a maioria das casas era de madeira, parecia ter saído de um filme do Velho Oeste. Em uma praça, havia um portal feito de chifres de alce. Essa praça tinha uma câmera que ficava ligada em tempo integral e era possível ver o movimento do centro da cidade pela internet. Por lá circulavam grandes caminhonetes com homens parrudos de chapéu. Um grande urso empalhado figurava na entrada de um bar ao lado de armas pregadas na parede. Tomamos uma dose de uísque e voltamos para casa depressa, antes de o bigode dele congelar.

Na varanda de casa havia um spray antiurso, que nos explicaram ser para o caso de algum urso descer da montanha para catar comida no lixo.

– Eu pensava que os ursos hibernavam no inverno – falei.

O coordenador da residência artística contou que no último inverno alguns saíram para comer, que isso não acontecia antes. O spray era para espantá-los.

Na manhã seguinte, antes de sair, calcei minhas botas de neve, olhei pela janela para ver se não havia nenhum urso, coloquei o spray dentro da jaqueta e fui até a esquina comprar um café preto para mim, com leite para Ive e *donuts* de açúcar com canela para nós dois. Fazia dois anos que estávamos juntos, e essa foi a casa em que moramos durante dez dias. À noite dividíamos a banheira de água quente para ficar olhando a neve cair pelo vidro da janela e depois íamos para a cama.

Quando eu e Ive transávamos, ele não costumava gozar antes de mim, até que um dia comentei:

– Não, não quero gozar hoje, não transo só para isso.

– Mas é que quando você não goza eu sinto que não mereço.

No dia em que ele disse que talvez não quisesse mais ter filhos, tínhamos ido comer em um restaurante típico americano. Pedimos batata *crispy*, costelinha de porco *barbecue* e Coca-Cola. Comecei a sentir uma dor de cabeça que virou uma enxaqueca. Fomos ao cinema assistir a *O regresso*, de Alejandro Iñárritu. Senti que minha cabeça explodiria, principalmente com o tanto de sangue que eu via na tela, mas não disse nada, porque queria que ele assistisse ao filme. De volta à nossa casa-ateliê, corri para o banheiro para vomitar e passei o resto do dia enjoada. Ive ficaria na residência ainda mais um mês, eu iria a Nova York para passar cinco dias antes de retornar ao Brasil. Me hospedei no hotel Monalisa, próximo ao Central Park. Lá fiz aquilo de que mais gostava quando viajava: andar até me perder, pedir informações a desconhecidos, encontrar pessoas na rua e não ter horário para nada. Não era tão frio quanto em Jackson Hole, porém muito mais que em Curitiba.

No primeiro dia fui caminhando até dar de cara com o Rockefeller Center. Uma pequena praça de patinação com algumas árvores e um paredão de bandeiras de todos os países. Avistei a bandeira brasileira e parei para ver uma moça que rodopiava na pista de gelo sozinha. Estava vestida de preto e tinha um cachecol amarelo que cintilava conforme o vento. Seu corpo deslizava e dançava sem temer o tombo. Ela veio serpenteando próxima de onde eu estava até parar na minha frente e olhar no fundo dos meus olhos. Não sustentei o olhar e saí andando com a cabeça encolhida dentro do cachecol. Sentia o vento cortante no rosto como na Espanha. Estava pensando em desistir e voltar para o hotel quando avistei o Central Park. Imediatamente me lembrei do filme *Madagascar*, ao qual assistia com Alice.

Pedi informações a uma idosa japonesa que olhava para uma árvore. A comunicação foi péssima, mas entendi que ela estava indo na direção em que eu precisava ir. Atravessamos o parque inteiro lado a lado, sem conversar, mas trocando olhares, como se concordássemos que nosso encontro terminaria no fim do trajeto.

No outro dia, fui para o outro lado, queria conhecer Chinatown. Me perdendo, caminhei por algumas ruas até passar pelo local onde ficavam as Torres Gêmeas. Acendi um cigarro. O segurança veio me falar que ali não podia fumar, era um memorial. Joguei o cigarro fora, mas acendi outro no caminho até parar diante de um típico restaurante chinês. A atendente disse para eu me sentar ao redor de uma grande mesa redonda de madeira e trouxe um pano quente para eu limpar as mãos.

Em Nova York eu entendia melhor o inglês das pessoas do que no Wyoming. Um homem de cerca de cinquenta anos sentou-se à mesa. Ele me disse que eu não poderia ter pedido uma faca. Tentei explicar que não pretendia cortar o macarrão, e que a faca era para a carne. "Se cortar a massa, corta a sorte", ele explicou.

À noite fui a um bar a poucos metros do hotel para tomar um vinho. Talvez em Nova York eu pudesse fazer isso sem que os homens pensassem que estava ali para paquerar. Quando já pagava a conta, uma mulher puxou papo. Queria saber de onde eu era. Seu nome era Emma. Era muito mais alta que eu, loira e de cabelos compridos até a cintura, devia ter quase cinquenta anos. Contou que era atriz e não estava fácil viver dessa profissão, e emendou uma conversa sobre rosas.

– Colecionadora de rosas? – me surpreendi. – Nunca ouvi falar disso.

Como eu era brasileira, ela resolveu contar de uma viagem que fizera ao Paraguai. Ela tinha viajado ao país para um concurso de rosas, mas acabou não ganhando nada.

– Isso daria um bom filme – comentei.

Era sexta-feira, eu embarcaria no sábado para o Brasil. O céu estava azul e aproveitei para comprar algumas roupas em promoção para mim e para Alice. Na loja, a atendente me perguntou se eu não estava com medo.

– Medo do quê? – eu quis saber.

Foi então que recebi uma mensagem de Ive e soube que a tempestade Jonas chegaria a Nova York no dia seguinte.

"Tempestade Jonas?", pensei. "Quem é que dá esses nomes às tempestades?"

Descobri que todos os voos estavam cancelados e que ainda não havia previsão de reabertura dos aeroportos. Eu tinha comprado um pacote de diárias baratas pela internet, não sabia como me manteria ali por mais tempo. Deixei as roupas na loja e voltei para a região do hotel. O céu já estava se fechando. A tempestade Jonas podia chegar a qualquer momento. Liguei para a companhia aérea e a atendente me informou que, quando os aeroportos reabrissem, eu teria até quinze dias para remarcar a passagem de volta.

– Quinze dias? Senhora, não tenho dinheiro para permanecer esse tempo em Nova York.

A neve começou a se acumular pelas calçadas. Saí para comprar *donuts* e café, como fazia todo dia. As ruas estavam vazias e de repente o urso marrom apareceu na esquina. A primeira coisa que fiz foi colocar a mão no bolso, procurando o spray. Não estava ali. Tentei correr até a loja de conveniência mais próxima. O urso, com sua agilidade e força, chegou até mim e se levantou para me devorar quando a mulher das rosas abriu a porta e me puxou para dentro. Acordei no hotel com meu próprio grito de pavor, o rosto suado diante de uma cidade gelada. Era madrugada, fui até a janela e vi a neve acumulada na rua. Não consegui mais dormir. Queria conversar com Ive, mas ele devia estar dormindo.

Fiquei dois dias inteiros num quarto de hotel vendo a neve cair enquanto comia comidas frias compradas em uma loja de conveniência. Quando fui até a porta da recepção, a rua estava interditada, dois metros de neve. Como fotografei meu tênis na Bolívia, fotografei a neve caindo através da janela do quarto. Nesse meio-tempo recebi um e-mail da advogada dizendo que em uma semana haveria a audiência sobre as empresas que estavam em meu nome. Se eu não estivesse no Brasil, perderia inclusive a chance de continuar tentando provar que eu não tinha a ver com elas.

A neve cessou no domingo, e na segunda já pude remarcar a passagem. Liguei para a companhia sem parar e consegui um voo. Contratei um serviço de van que me buscaria no hotel. Agendei para cinco horas antes, achando que seria o suficiente.

A van começou a rodar pelas ruas de Nova York, e só então compreendi o que significava uma tempestade de neve. Eram metros de neve acumulada por todas as ruas, havia máquinas por todos os lados para raspar o gelo, postes caídos. A van passaria ainda em outros lugares para buscar passageiros. A três horas do horário do meu voo, alcançamos a rodovia, e ainda precisávamos chegar ao aeroporto. O trânsito estava parado.

Contei a um casal sobre minha situação, estava receosa de perder o voo porque não teria dinheiro nem para remarcar, muito menos para ficar mais dias em Nova York, e mais do que nunca precisava comparecer à audiência no dia marcado. O que o casal entendeu é que eu não tinha nenhum dinheiro no bolso. Me ofereceram vinte dólares para fazer um lanche no aeroporto. Peguei. Quando cheguei ao aeroporto, faltava pouco mais de uma hora para o embarque e consegui fazer o check-in. Entrei no avião, sentei, afivelei o cinto e disse à aeromoça que não me acordasse nem para o jantar, eu precisava dormir.

"Você sabe como faz para dormir direto em um voo de doze horas?", eu dizia quando voltei da Espanha. "Você fica três dias festando e dormindo o mínimo possível, e garanto que, quando você embarcar, não vai conseguir nem ver a comida sendo servida."

O aeroporto ficava longe da minha casa, e um táxi custaria uma boa quantia, por isso fui de mochila. Na saída, perguntei a uma mulher se ela estava aguardando um táxi com a intenção de dividir a corrida. Ela disse que estava esperando a van para ir até o carro e perguntou onde eu morava.

– É perto da minha casa, eu te levo – ela respondeu.

Estava com sorte. Cheguei e logo fui buscar Alice na casa do pai. Não era fácil deixá-la, ainda mais quando a minha família me acusava de fazer tudo para mim e nada para ela. Miguel inclusive viajava para a casa da minha família e eles o recebiam de braços abertos como se nada estivesse acontecendo.

Como estava voltando do Wyoming, fiz um macarrão para ela em forma de alce. Usei vagem para fazer os chifres e os pés, rodelas de cenoura para os olhos e pedaços de azeitona preta para simular o nariz. A cara do alce foi feita com um fio de macarrão, e seu corpo grande e robusto, preenchido com espaguete, que devoramos.

O dia da sessão diante do juiz chegaria. Dia em que eu e Miguel teríamos que nos confrontar. Não consegui pegar no sono mesmo meditando. Fiquei olhando a praça pela janela e algumas pessoas que dormiam envoltas em cobertores na noite fria. Uma mulher vagueava a esmo falando sozinha.

Acordei, ou melhor, saí da cama. Me maquiei mais do que normalmente porque tinha que parecer saudável e com a mente sã, uma pessoa que jamais faria aquelas dívidas. Continuei repassando mentalmente o meu discurso e pensando no que Miguel falaria.

Estava sentada em um banco com a minha advogada quando ele chegou com o advogado dele. Pude entrever pela camisa dele que suava embaixo do braço. Poucos minutos antes de a gente entrar, a secretária da juíza veio comunicar que o banco não enviara um documento necessário e a sessão seria adiada. Eu não sabia mais o que era pior, ser condenada às dívidas ou à espera.

V.

Eu estava dirigindo o carro da editora para levar umas caixas de livros até o depósito e na sequência aproveitaria o trajeto para ir buscar Alice na escola quando parei em uma avenida. Olhei para os lados e não avistei nada vindo em minha direção e arranquei. De repente, ouvi uma freada brusca: uma moto estava enfiada na porta do meu carro. Desci sem saber de onde a moto tinha surgido. A primeira coisa em que pensei foi que poderia ter matado um homem, logo agora que queria ser alguém melhor. Em seguida, algumas pessoas pararam, alguns curiosos e outros com vontade de ajudar. Um homem dizia que eu precisava sinalizar a rua, mas estava tão tonta quanto o motoqueiro que continuava sentado em cima da moto com a perna presa no meu veículo. Tentei sem sucesso ligar para Miguel e pedir a ele que buscasse Alice. Mandei uma mensagem no grupo das mães da escola, ninguém respondeu.

O motoqueiro estava com dificuldade de respirar e de repente ele mesmo deu um soco no próprio peito para soltar o ar. Liguei para a polícia, para o serviço de atendimento de saúde e, na sequência, para Ive. Uma mãe finalmente ligou e se ofereceu para levar Alice para a casa dela.

Ive chegou e esperou ao meu lado o atendimento médico e a polícia, que demorou. Não era possível tirar a moto ou o carro do lugar sem antes registrar o boletim de ocorrência.

– Não tenho carro para não passar por isso – Ive respondeu de forma rude.

O motoqueiro foi levado pela ambulância para o hospital, precisava passar por uma bateria de exames e ficar em observação. Eu teria que arcar com esses custos e outros que poderiam vir caso os exames acusassem algo mais grave. Tinha conseguido fazer um cartão de crédito, mas já não dava conta de pagá-lo.

Consegui ligar o carro, que estava funcionando, mas a porta ficou marcada, o seguro teria que ser acionado. Falei pro Ive que ele poderia ir embora. Ele pediu desculpas pela intempestividade e permaneceu ali comigo. Me lembrei de quando fomos ao cinema com Alice assistir ao filme *Hotel Transilvânia 3 – férias monstruosas*. Fui comprar pipoca com ela enquanto Ive retirava os ingressos. A bateria do meu telefone tinha acabado e não me dei conta, e foi quando ele apareceu nervoso dizendo que tinha me procurado em todos os lugares e a sessão iria começar. Não gostei do tom que ele falou comigo. Comparado com Miguel, Ive não tinha feito praticamente nada, mas eu tinha passado por situações difíceis demais e desejava ter uma relação tranquila e madura na qual as pessoas se comunicavam de maneira gentil. Principalmente, não queria mais que Alice visse um homem me maltratando. Logo após a sessão, peguei a Alice, virei as costas para Ive e fui embora.

Ao longo da vida, por ter tentado algumas vezes me comunicar e ter sido agredida, toda vez que abria a boca para dizer algo, algumas lágrimas caíam, como se eu fosse uma criança com medo da punição. Eu já tinha consciência disso, então o que precisava era falar mesmo que chorasse, mesmo que as palavras soassem ruins.

Eu e Ive já namorávamos havia mais de dois anos e naquele momento comecei a me perguntar: "Se esse homem não quer ter filhos, não quer casar, o que ele quer? E eu, quero continuar nessa relação?".

Eva me contou que estava fazendo massagens tântricas e que nunca sentira nada igual, uma explosão de prazer e reconhecimento do próprio corpo. Me lembrei do xamã, mas queria tentar de novo. Escolhi uma mulher como massagista, não queria correr o risco de ser vilipendiada outra vez.

Na hora marcada, fui até uma sala que ficava em um sobrado em uma cidade metropolitana. Toquei a campainha e a terapeuta abriu a porta. Atrás dela uma sala grande com um jardim de inverno no centro e um colchonete posto entre dois biombos sob uma luz quente.

Na primeira consulta, a mulher me explicou que não se tratava de sexo, não havia contato corporal, beijo ou penetração. Até aí era o mesmo discurso que eu já tinha escutado. Respondi um questionário e contei um pouco sobre a minha história sexual.

– Você está aqui para se desenvolver ou para gozar?
– Para me desenvolver.

Ive tinha se mudado, estava morando sozinho e o apartamento dele era como um arranha-céu em Nova York. A gente via toda a cidade emergir do alto da rua Quinze, mas quando chovia parecia um barco em alto-mar. "Capitão, baixar velas!", eu dizia, porque a chuva entrava pelas janelas não vedadas, assim como as penas de pomba durante um dia de muito vento. Um gavião fez um ninho em cima do apartamento. Ele dizia que se sentia morando numa montanha.

Havia uma rachadura na parede, um sinal de algo que aconteceu antes de Ive se mudar. Eu olhava para aquela marca e pensava que talvez a fissura fosse como os nossos relacionamentos anteriores. Ive casou cedo e construiu uma casa com a primeira mulher. A casa também se tornou um peso porque exigia dele um grande esforço financeiro e precisou durante um tempo parar de investir na atividade artística. Quando se separou, vendeu a casa, pegou o dinheiro que lhe restou e foi morar um tempo em Portugal. Gastou todo o dinheiro lá. Eu gostava de escutar essa história do desapego do dinheiro porque achava que eu tinha virado uma prostituta na relação com Miguel, embora nas relações entre cliente e prostituta as regras sejam claras.

Ive dormia, e eu estava sem sono. Acendi um cigarro e fui até a janela. Os pingos grossos da chuva batiam no vidro, e a imagem da cidade estava envolta em neblina como nos filmes em que se desfoca o segundo plano e as luzes formam pequenas bolas coloridas difusas. Foi naquele instante que soube o que fazer com minha vida profissional. Eu não queria mais trabalhar na minha área de formação. Me enfiei embaixo das cobertas para encaixar meu corpo no dele e dormir de conchinha como sempre fazíamos. Quando eu tinha insônia, ele me aquietava nos braços e logo eu começava a roncar. Às vezes, quando me debatia, ele dizia baixinho: "Sossega, Helena".

Quando despertei pela manhã, ele não estava mais na cama. Logo entrou no quarto carregando uma bandeja com café preto para mim, café com leite para ele, ovos mexidos e sanduíche de croissant com presunto de Parma e queijo.

– Eu sonhei ou você disse que quer ser diretora de cinema?

– Não sonhou, não.

– Pintura e cinema têm tudo a ver. David Lynch começou como pintor, sabia?

Ive foi para a sala, colocou Sixto Rodriguez para tocar e voltou ao seu quadro que ocupava a parede inteira.

Durante seis meses voltei algumas vezes à terapia tântrica para encorajar o corpo a quebrar certos hábitos. Cada massagem era uma experiência diferente, e o número de orgasmos só crescia a cada sessão. Parei de contar. Na última massagem fiquei meia hora tendo orgasmos, um atrás do outro. Quando a terapeuta terminou a sessão e se afastou de mim para se sentar no sofá e me deixar quieta por um tempo, pude sentir meu corpo como uma aeronave suspensa em uma galáxia.

Entendi que precisava me fazer mais perguntas e não ter pressa para encontrar as respostas. Elas vêm em algum momento. Comecei a me perguntar o que significava um casamento pra mim. Eu queria mesmo ter outro filho? Meu relacionamento com Ive sobreviria se tivesse um filho com ele? Ou desistiríamos um do outro? Como Ive seria como pai? Continuaria a ser o homem cordial ou revelaria o pior lado comigo? Ive costumava dizer que não dirigia porque no trânsito ele não era uma boa pessoa.

Numa noite bebi caipirinha de caju e liguei para ver se Ive podia me atender. Deixei Alice em casa dormindo e fui. Estava um pouco frio, ligamos o aquecedor e nos despimos completamente. Gostava já de uma posição em que ele ficava por cima de mim com as pernas por dentro das minhas. Era um lugar onde sempre sentia que estava na iminência de gozar. Nessa mesma posição, comecei embaixo dele a me torcer para um lado e para outro e também metendo nele, de baixo para cima.

Me esqueci do mundo até que um calor subiu dos meus pés até minha vulva e resultou em um uivo de gozo. Era a primeira vez que conseguia um orgasmo sem o uso das mãos. Algum vizinho abriu a janela, gargalhamos. Acendemos um cigarro na cama. Depois disso é que entendi que já conseguia ter orgasmos me masturbando com vibrador, não era a primeira vez que eu gozava só com penetração.

Atravessei o bairro já vazio e abri a porta de casa depressa. Chimichurri dormia no sofá, acordou, mas voltou a fechar os olhos. Fui até o quarto de Alice e ela estava lá dormindo com o edredom de patinhas de cachorro. Sentei-me na cama e acariciei o cabelo dela, que agora estava curto, ela queria cortar porque disse que já confundia as meninas da escola com o mesmo cabelo. No quarto dela uma pomba rolinha tinha feito um ninho e botado dois ovos. Eu e Alice comemoramos o fato de o bicho ter escolhido a nossa janela. Nasceram dois filhotes. Fui até a janela ver se eles permaneciam por lá. No ninho apenas um filhote encolhido com algumas penugens e já sem vida. Alice continuava dormindo. Fui buscar uma toalha e embrulhei o filhote com seu ninho.

Depois fui para o meu quarto e acendi outro cigarro na janela. Chimichurri veio se enroscar nas minhas pernas e depois subiu na minha cama. Eu a protegi com a manta. Era assim que ela gostava de ficar, toda coberta e só com o rabo para fora. Fiquei ali por um tempo, emendando um cigarro no outro e sentindo o vento na cara. Na manhã seguinte contei a Alice que os dois passarinhos já tinham voado para bem longe dali.

Eu continuava no mesmo emprego e fazer cinema era um desejo que nem sabia por onde começar. O processo das dívidas seguiam e não estava mais no meu alcance resolver aquilo. Infelizmente ou felizmente, a Justiça decidiria por mim. Não se chega ao precipício do dia para a noite, assim como não se sai dele de repente. Minha insônia, que começou ainda no meu casamento, foi só piorando. Tornou-se crônica. Durmo algumas poucas horas por dia, quando durmo. Daqui a pouco vou poder ganhar o apelido de guaxinim.

Decidi que não queria ser mãe de novo. A segunda pergunta que me fiz em relação a mim e a Ive era se não precisávamos de um propósito para permanecermos juntos, até que me caiu mais uma ficha. As pessoas inventam casamento, filhos, imóveis e pets em comum para ter um vínculo que na maioria das vezes se corrói.

Acolher um ao outro nas suas dúvidas, desejos e fragilidades e ir entendendo o caminho conforme ele se apresentasse não podia ser um propósito?

– Amor, eu te amo, mas não quero transar só com você para o resto da vida. Acho que isso é uma ilusão – já estava interessada em ficar com outras pessoas e me atrevi a dizer uma frase inteira. Ive respondeu na sequência.

– O mundo já é pesado, a nossa relação precisa ser leve.

Ser a melhor pessoa do mundo para quem? Uma descoberta de uma pergunta seguida de novas inquietações. Nesse momento entendi que havia algo imprescindível para eu continuar existindo e isso eu não podia mais esquecer. Precisava continuar tendo experiências e descobrindo palavras novas porque simular é do animal e é do homem, mas ter vocabulário para além do perigo, alimentação e reprodução é só do humano e precisa ser feito por mulheres.

© Editora Nós, 2023

Direção editorial SIMONE PAULINO
Coordenação editorial RENATA DE SÁ
Assistente editorial GABRIEL PAULINO
Edição JULIA BUSSIUS
Preparação TAMARA SENDER
Revisão MARIA FERNANDA ALVARES
Projeto Gráfico BLOCO GRÁFICO
Assistente de design STEPHANIE Y. SHU
Produção gráfica MARINA AMBRASAS
Assistente de marketing MARIANA AMÂNCIO DE SOUSA
Assistente comercial LIGIA CARLA DE OLIVEIRA

Imagem de capa JADE MARRA
Sem título, 2017, 120 × 100 cm, pintura acrílica sobre tela.

Texto atualizado segundo o novo
Acordo Ortográfico da Língua Portuguesa

Todos os direitos desta edição reservados à Editora Nós
Rua Purpurina, 198, cj 21
Vila Madalena, São Paulo, SP | CEP 05435-030
www.editoranos.com.br

Dados Internacionais de Catalogação na Publicação (CIP)
de acordo com ISBD

J65H
Johann, Ana
    História para matar a mulher boa / Ana Johann
    São Paulo: Editora Nós, 2023
    256 pp.

ISBN: 978-85-69020-85-1

1. Literatura brasileira. 2. Romance. I. Título.

2023-1609   CDD 869.89923   CDU 821.134.3(81)-31

Elaborado por Odilio Hilario Moreira Junior, CRB-8/9949

Índice para catálogo sistemático:
1. Literatura brasileira: Romance 869.89923
2. Literatura brasileira: Romance 821.134.3(81)-31

Fonte CHASSI
Papel PÓLEN BOLD 70 G/M²
Impressão MUNDIAL